SV

Band 147 der Bibliothek Suhrkamp

Raymond Radiguet
Den Teufel im Leib

Roman

Suhrkamp Verlag

Titel der französischen Originalausgabe:
Le diable au corps

Deutsch von Friedhelm Kemp

9. Auflage 2023

Erste Auflage 1985
Suhrkamp Verlag Berlin
Der Roman erscheint in der Bibliothek Suhrkamp mit freundlicher
Genehmigung des Verlages Kurt Desch München-Wien-Basel.
Copyright 1923 by Editions Bernard Grasset Paris.
Deutsche Rechte beim Verlag Kurt Desch München-Wien-Basel.
Alle Rechte vorbehalten, insbesondere das der Übersetzung,
des öffentlichen Vortrags sowie der Übertragung
durch Rundfunk und Fernsehen, auch einzelner Teile.
Kein Teil des Werkes darf in irgendeiner Form
(durch Fotografie, Mikrofilm oder andere Verfahren)
ohne schriftliche Genehmigung des Verlages reproduziert
oder unter Verwendung elektronischer Systeme
verarbeitet, vervielfältigt oder verbreitet werden.
Druck: Pustet, Regensburg
Printed in Germany
ISBN 978-3-518-01147-8

www.suhrkamp.de

Den Teufel im Leib

Ich weiß, ich werde mich manchem Vorwurf aussetzen. Doch was kann ich dafür? Ist es meine Schuld, daß ich einige Monate vor Kriegsausbruch zwölf Jahre alt wurde? Die leidenschaftlichen Verwirrungen, in die mich jene ungewöhnliche Zeit stürzte, glichen gewiß nicht den Gefühlen, die man sonst in diesem Alter empfindet; da es aber, dem Anschein zum Trotz, keine Macht gibt, die imstande wäre, uns vor der Zeit die nötige Reife zu verleihen, so mußte ich als Kind ein Abenteuer bestehen, das schon einem Manne genug zu schaffen gemacht hätte. Und ich war nicht der einzige. Auch meine Altersgenossen werden an diese Zeit eine andere Erinnerung haben als die ältere Generation. Wer mir das schon im voraus verdenkt, vergegenwärtige sich doch, was der Krieg für so viele Halbwüchsige bedeutete: vier Jahre große Ferien.
Wir wohnten in F..., am Ufer der Marne.
Meine Eltern waren dagegen, daß Buben und Mädchen gemeinsam aufwuchsen. Die Sinnlichkeit, die mit uns geboren wird und die noch schlummerte, wurde dadurch jedoch eher gesteigert als abgeschwächt.
Ich bin niemals ein Träumer gewesen. Was anderen, Leichtgläubigeren, als ein Traum erscheint, war für mich ebenso wirklich wie der Käse für die Katze, trotz

der Käseglocke. Die allerdings nicht minder wirklich ist.
Geht die Glocke in Scherben, so macht sich die Katze dies zunutze, auch wenn es ihr Herr ist, der sie zerbricht und sich die Hände daran blutig schneidet.

Bis zu meinem zwölften Lebensjahr kann ich mich keiner Liebschaft entsinnen, außer meiner Zuneigung für ein kleines Mädchen namens Carmen, dem ich durch einen jüngeren Gefährten einen Brief zustellen ließ, darin ich ihm meine Liebe erklärte. Unter Berufung auf diese Liebe bat ich sie, mir ein Rendezvous zu gewähren. Mein Brief war ihr frühmorgens auf dem Schulweg übergeben worden. Die Erkorene war das einzige Mädchen, das mir glich, weil sie reinlich war und in Begleitung einer kleinen Schwester, wie ich mit meinem kleinen Bruder, zur Schule ging. Damit diese beiden Zeugen reinen Mund hielten, faßte ich den Plan, sie sozusagen miteinander zu verheiraten. Ich legte also meinem Brief im Namen meines Bruders, der des Schreibens noch unkundig war, einen anderen an Fräulein Fauvette bei. Meinem Bruder erklärte ich, daß ich mich zum Vermittler für ihn gemacht hätte und wie gut wir es getroffen hätten, gerade an zwei Schwestern unseres Alters zu geraten, die noch dazu so ausgefallene Vornamen trügen. Daß ich mich über Carmens Wohlerzogenheit nicht getäuscht hatte, sollte ich zu meinem Leidwesen noch am gleichen Tage erfahren, als ich nach dem Mittagessen mit meinen Eltern, die mich verwöhnten und mir alles durchgehen ließen, wieder in die Schule zurückkehrte.

Kaum hatten meine Kameraden an ihren Pulten Platz genommen, während ich noch vor einem Wandschrank hockte, um in meiner Eigenschaft als Primus die Bücher zum Vorlesen herauszuholen, als der Direktor eintrat. Die Schüler erhoben sich. Er hielt einen Brief in der Hand. Mir wurde weich in den Knien, die Bücher fielen zu Boden, und während ich sie wieder zusammensuchte, sprach der Direktor mit dem Lehrer. Die Schüler in den ersten Bänken mußten wohl meinen Namen flüstern hören, denn schon drehten sie sich nach mir um, der ganz von Purpur übergossen im Hintergrund des Klassenzimmers stand. Endlich rief der Direktor mich zu sich, und um mich auf eine ausgesuchte Weise zu strafen, ohne, wie er meinte, meine Mitschüler dabei auf schlechte Gedanken zu bringen, gratulierte er mir, einen Brief von zwölf Zeilen ohne einen einzigen Fehler geschrieben zu haben. Er fragte mich, ob ich ihn auch wirklich allein geschrieben hätte, dann befahl er mir, ihm auf sein Zimmer zu folgen. Wir begaben uns aber nicht dorthin. Er kanzelte mich draußen im Hof ab, im strömenden Regen. Was meine moralischen Begriffe ziemlich durcheinander brachte, war der Umstand, daß er es für ein ebenso strafwürdiges Vergehen erachtete, das junge Mädchen (dessen Eltern ihm meine Liebeserklärung zugestellt hatten) kompromittiert, wie einen Bogen Briefpapier entwendet zu haben. Er drohte mir, das Blatt meinen Eltern zu schicken. Ich bat ihn flehentlich, dies nicht zu tun. Er gab nach, sagte jedoch, er werde den Brief aufheben und bei dem ersten Rückfall nicht umhinkönnen, meine Eltern von dem anstößigen Betragen ihres Sohnes zu unterrichten.

Diese Mischung von Frechheit und Schüchternheit führte die Meinen irre und täuschte sie, wie mir in der Schule meine leichte Auffassungsgabe, die zugleich Faulheit war, den Ruf eines guten Schülers eingetragen hatte.

Ich kehrte in die Klasse zurück. Der Professor begrüßte mich mit dem ironischen Ehrennamen eines Don Juan. Ich fühlte mich höchst geschmeichelt, daß er mir gegenüber den Titel eines Werkes anführte, das ich kannte und das meinen Kameraden noch unbekannt war. Sein »Guten Morgen, Don Juan« und mein verständnisvolles Lächeln veränderten die Haltung der Klasse zu mir. Vielleicht hatten meine Mitschüler schon erfahren, daß ich einen Jungen der untersten Klassen beauftragt hatte, einem Mädchen einen Brief zu überbringen. Dieser Junge hieß Messager: Ich hatte ihn nicht seines Namens wegen gewählt, aber dieser Name hatte mir immerhin Vertrauen eingeflößt.

Um ein Uhr hatte ich den Direktor angefleht, meinem Vater nichts zu verraten; um vier brannte ich vor Ungeduld, ihm alles zu erzählen. Nichts zwang mich dazu. Ich würde mir dieses Geständnis als Freimütigkeit auslegen. Und da ich wußte, daß mein Vater die Sache nicht tragisch nehmen würde, war ich schließlich entzückt, daß er meine Heldentat erführe.

Ich berichtete also, was vorgefallen war, und fügte voll Stolz hinzu, der Direktor habe mir (wie einem erwachsenen Manne) unbedingte Diskretion zugesichert. Mein Vater wollte wissen, ob dieser ganze Liebesroman nicht einfach aus der Luft gegriffen war. Er suchte daher den Direktor auf. Im Verlauf dieses Besuches kam er wie beiläufig auch auf mein Abenteuer zu sprechen, das er als einen Scherz bezeichnete. »Wie?« sagte der Direktor überrascht und ziemlich betreten; »er hat Ihnen das erzählt? Er hatte mich inständig gebeten, es zu verschweigen; er behauptete, Sie würden ihn sonst umbringen.«

Diese Lüge des Direktors diente ihm zur Entschuldigung; sie trug dazu bei, mein männliches Bewußtsein gewaltig zu heben. Mit einem Streich hatte ich mir die Achtung meiner Mitschüler erworben und das verständnisvolle Zwinkern des Klassenlehrers. Der Direktor verbarg seinen Groll. Der Unglückliche wußte noch nicht, was mir schon bekannt war: Mein Vater, der sein Verhalten ungehörig fand, hatte beschlossen, mich nach Ablauf des Schuljahrs von der Anstalt zu nehmen. Wir standen damals am Anfang des Juni. Meine Mutter, die nicht wollte, daß diese Absicht sich auf meine Preise und Auszeichnungen nachteilig auswirke, behielt sich jedoch vor, die Angelegenheit erst nach der Preisverteilung zur Sprache zu bringen. Als es soweit war, empfing ich, dank einer Ungerechtigkeit des Direktors, der wohl undeutlich die Folgen seiner Lüge fürchtete, als einziger der Klasse den Goldenen Kranz, der auch dem Ersten Preis zugestanden hätte. Er hatte sich gehörig verrechnet: Die Schule verlor darüber ihre beiden besten Schüler, denn auch der Vater des Ersten Preises nahm seinen Sohn von der Anstalt.

Schüler wie wir dienten aber als Lockvögel, um andere herbeizuziehen.

Meine Mutter hielt mich noch für zu jung, um das »Henri IV« zu besuchen. Was in ihrem Geiste so viel hieß wie: zu jung, um mit dem Zug nach Paris zu fahren. Ich blieb also zu Hause und arbeitete alleine.
Ich versprach mir unbeschränkte Freuden; denn da es mir gelang, die gleiche Arbeit in vier Stunden zu erledigen, die meine ehemaligen Mitschüler nicht einmal in zwei Tagen bewältigten, war ich weit über die Hälfte des Tages mein eigener Herr. Ich strolchte allein die Ufer der Marne entlang, die für uns so sehr *der* Fluß war, daß meine Schwestern, wenn sie von der Seine sprachen, sie »eine Marne« nannten. Ich nahm sogar das Boot meines Vaters, trotz seines Verbotes; aber ich ruderte nicht, ohne mir doch einzugestehen, daß ich es nicht nur aus Furcht vor dem Ungehorsam unterließ, sondern weil ich einfach Angst hatte. Ich streckte mich am Boden des Kahns aus und las. In den beiden Jahren 1913 und 1914 habe ich derart an die zweihundert Bücher verschlungen. Durchaus nicht, was man schlechte Bücher nennt, sondern eher die besten, wenn nicht ihrer Gesinnung, so doch ihrem Werte nach. So kam es, daß ich später, in dem Alter, wo man gewisse Jugendschriften gewöhnlich verachtet, an ihrem kindlichen Zauber Geschmack fand, während ich sie damals um nichts in der Welt hätte lesen wollen.
Der Nachteil dieses Wechsels zwischen kurzer Arbeit und ausgedehnter Freizeit lag darin, daß er mir das ganze Jahr in eine Art falscher Ferien verwandelte. Das tägliche Pensum war zwar an sich eine Kleinigkeit, aber da ich auch während der Ferien arbeitete,

so war diese Kleinigkeit wie ein Korken, den man einer Katze auf Lebenszeit an den Schwanz bindet, während sie gewiß lieber einen Monat lang eine Bratpfanne hinter sich herschleifte.

Die echten Ferien näherten sich, und ich kümmerte mich kaum darum, weil sie nichts an meiner Zeiteinteilung änderten. Die Katze lauerte immer noch auf den Käse unter der Glocke. Da brach der Krieg aus. Er zerschlug die Glocke. Die Herrschaft hatte andere Sorgen, und für die Katze war dies ein gefundenes Fressen.
Eigentlich war der Ausbruch des Krieges für alle ein gefundenes Fressen. Die Kinder, ihre Prämienbücher unter dem Arm, drängten sich vor den Anschlägen. Den schlechten Schülern kam das häusliche Durcheinander zustatten.
Wir gingen alle Tage nach dem Abendessen zu dem zwei Kilometer entfernten Bahnhof von J... und sahen die Militärzüge vorbeifahren. Wir nahmen Sträuße von Glockenblumen mit und warfen sie den Soldaten zu. Damen in weißen Kitteln füllten die Feldflaschen mit Rotwein, der dabei literweise auf den mit Blumen überstreuten Bahnsteig floß. Das Ganze hinterließ mir eine Erinnerung wie an ein Feuerwerk. Noch niemals hatte ich so viel Wein vergeuden sehen, so viel verwelkte Blumen. Wir mußten die Fenster unseres Hauses beflaggen.
Bald gingen wir nicht mehr nach J... Meine Geschwister fingen an, dem Krieg zu grollen, er dauerte ihnen zu lange. Er verhinderte unsere Reise an die See.

Gewohnt, spät aufzustehen, mußten sie schon um sechs Uhr früh die Zeitungen holen gehen. Ein armseliger Zeitvertreib! Aber um den zwanzigsten August fangen diese jugendlichen Ungeheuer an, neue Hoffnung zu schöpfen. Statt vom Tisch aufzustehen, wo die Erwachsenen noch eine Weile miteinander reden, bleiben sie, um meinem Vater zu lauschen, der etwas von einer Abreise verlauten läßt. Allerdings gäbe es keine Verkehrsmittel mehr. Man werde weite Strecken mit dem Fahrrad zurücklegen müssen. Die Brüder ziehen meine kleine Schwester auf. Die Räder ihres Fahrrads haben kaum vierzig Zentimeter Durchmesser. »Wir werden dich allein auf der Landstraße zurücklassen.« Meine Schwester bricht in Schluchzen aus. Doch mit welcher Begeisterung werden die Maschinen geputzt! Alle Trägheit ist wie verflogen. Sie schlagen vor, die meine zu reparieren. Sie stehen in aller Frühe auf, um gleich die neuesten Nachrichten zu erfahren. Während jeder sich verwundert, entdecke ich endlich die Triebkräfte dieses Patriotismus: eine Reise auf dem Fahrrad! bis ans Meer! und ein Meer, das sehr viel weiter weg liegt, und wo es noch schöner sein wird als sonst. Sie hätten Paris in Brand gesteckt, nur um schneller abfahren zu können. Was Europa in Schrecken versetzte, war ihre einzige Hoffnung geworden.

Unterscheidet sich der Egoismus der Kinder so sehr von unserem eigenen? Sommers auf dem Lande verfluchen wir den Regen, und die Bauern wünschen ihn herbei.

Eine weltgeschichtliche Katastrophe pflegt sich meist durch gewisse Vorzeichen anzukündigen. Das österreichische Attentat, der Skandal des Prozesses Caillaux verbreiteten eine erstickende Atmosphäre, die jeder Narrheit Vorschub leistete. So fällt meine erste wahre Kriegserinnerung noch in die Vorkriegszeit.
Damit verhielt es sich folgendermaßen.
Wir, meine Brüder und ich, foppten gerne einen unserer Nachbarn, einen grotesken Zwerg mit weißem Spitzbart und einer Kapuze, einen Stadtrat namens Maréchaud. Obgleich wir Tür an Tür wohnten, vermieden wir es geflissentlich, ihn zu grüßen; was ihn so sehr erboste, daß er es eines Tages nicht länger aushielt und uns auf der Straße anredete: »Ihr habt es wohl nicht nötig, einen Stadtrat zu grüßen?« Wir machten uns aus dem Staub. Seit dieser Unverschämtheit lebten wir in offener Feindschaft. Aber was vermochte ein Stadtrat schon gegen uns? Auf dem Hinweg zur Schule, wie auch auf dem Heimweg, zogen meine Brüder seine Glocke mit um so größerer Verwegenheit, als der Hund, der etwa mein Alter hatte, völlig ungefährlich war.
Wie groß aber war meine Überraschung, als ich am Vorabend des 14. Juli 1914, während ich meinen heim-

kehrenden Brüdern entgegenging, einen Menschenauflauf vor dem Gitter der Maréchauds erblickte. Einige gestutzte Linden verbargen nur wenig die Villa in der Tiefe des Gartens. Seit zwei Uhr nachmittags hatte ihr junges Dienstmädchen, das verrückt geworden war, sich auf das Dach geflüchtet und weigerte sich, wieder herabzusteigen. Aus Furcht vor dem Skandal hatten die Maréchauds ihre Läden geschlossen, so daß der tragische Anblick dieser Verrückten auf dem Dach noch dadurch erhöht wurde, daß das Haus wie ausgestorben dalag. Die Leute draußen schrien und empörten sich, daß die Dienstherrschaft nichts unternahm, um die Unglückliche zu retten. Sie schwankte auf den Ziegeln herum, ohne übrigens den Eindruck einer Betrunkenen zu machen. Ich wäre für mein Leben gern dageblieben, aber unser Mädchen, das meine Mutter mir nachgeschickt hatte, kam, um uns an die Arbeit zu holen. Sonst müsse ich heute abend zu Hause bleiben. Zu Tode bekümmert ließ ich mich fortführen und bat zu Gott, das Dienstmädchen möchte noch auf dem Dach sein, wenn ich meinen Vater vom Bahnhof abholen ginge.

Sie war immer noch auf ihrem Posten, aber die wenigen Passanten, die aus Paris heimkehrten, hatten es eilig, nach Hause und zu ihrem Abendessen zu kommen, um nachher den Bürgerball nicht zu versäumen. So gönnten sie ihr nur einen zerstreuten Aufblick.

Für das Dienstmädchen handelte es sich übrigens bis dahin nur um eine mehr oder weniger öffentliche Probe. Ihr eigentliches Debut sollte wie üblich erst abends stattfinden, als die leuchtenden Ketten der

Lampions eine echte Rampe bildeten. Straße und Garten waren beide festlich erhellt, denn trotz ihrer vorgetäuschten Abwesenheit hatten die Maréchauds als Honoratioren es doch nicht gewagt, sich der Illumination zu entziehen. Der phantastische Eindruck dieses Verbrecherhauses, auf dessen Dach, wie auf dem Deck eines beflaggten Schiffes, eine Frau mit aufgelösten Haaren umherwanderte, wurde noch gesteigert durch die Stimme dieser Frau: eine unmenschliche, kehlige Stimme von einer solchen Sanftheit, daß einem eine Gänsehaut über den Rücken lief.

Da die Feuerwehr der kleinen Gemeinde aus lauter »Freiwilligen« besteht, so sind ihre Mitglieder tagsüber anderweitig beschäftigt. Der Milchmann, der Konditor, der Schlosser kommen erst nach Feierabend das Feuer löschen, wenn es bis dahin nicht schon von selbst erloschen ist. Seit der Mobilmachung bildete unsere Feuerwehr außerdem eine Art heimlicher Bürgerwehr, die mit Patrouillengängen, Manövern und nächtlichem Streifendienst beschäftigt war. Diese Wackeren trafen endlich ein und drängten sich durch die Menge.

Eine Frau trat vor. Sie war die Gattin eines anderen Stadtrats, der zu Maréchauds Gegnern gehörte, und seit geraumer Zeit schon bekundete sie in lauten Tönen ihr Mitleid mit der armen Irren. Sie richtete einige Ermahnungen an den Kapitän: »Versuchen Sie doch, ihrer mit Güte Herr zu werden: Die hat sie so sehr entbehren müssen, die arme Kleine, in diesem Hause, wo man sie mit Schlägen traktiert. Vor allem, wenn ihr seltsames Betragen etwa der Furcht entspringt,

man könnte sie fortjagen, und sie wäre dann stellungslos, so sagen Sie ihr nur, ich würde sie zu mir nehmen. Ich will ihr auch gerne den doppelten Lohn zahlen.«
Diese geräuschvolle Gutherzigkeit machte nur einen geringen Eindruck auf die Menge. Die Dame wurde als lästig empfunden. Man dachte nur an das Einfangen. Die Feuerwehrmänner kletterten über das Gartentor, umstellten das Haus und begannen von allen Seiten hochzusteigen. Kaum aber erschien einer oben auf dem Dach, da begann die Menge, wie die Kinder im Kasperltheater, zu toben und das Opfer zu warnen.
»So schweigen Sie doch!« schrie die Dame; was die Zuschauer nur noch mehr zu ihrem »Da kommt einer! Da kommt einer!« aufreizte. Als sie diese Rufe hörte, raffte die Verrückte einige Dachziegel auf, deren ersten sie dem Feuerwehrmann, der eben den First erreicht hatte, auf den Helm warf. Alsbald stiegen die fünf anderen rasch wieder herunter.
Während die Schießstände, die Schaubuden, das Karussell auf dem Rathausplatz das Ausbleiben der Besucher beklagten, an einem solchen Abend, wo man auf reiche Einnahmen rechnen durfte, stiegen die kühnsten Gassenjungen über die Mauer und drängten sich auf dem Rasen, um die Jagd aus der Nähe zu verfolgen. Die Irre sagte einiges, das ich vergessen habe, mit jener tiefen Bekümmernis, wie sie aus der Stimme dessen klingt, der überzeugt ist, daß er selber recht hat und alle anderen sich im Irrtum befinden. Die Gassenjungen, die dieses Schauspiel dem Jahrmarkt vorzogen, wollten jedoch beide Vergnügen ver-

einigen. Voller Besorgnis, die Irre könnte in ihrer Abwesenheit eingefangen werden, liefen sie dennoch hinüber, um rasch eine Runde auf dem Karussell zu fahren. Andere, Klügere, die es sich wie bei der Truppenparade von Vincennes, in dem Astwerk der Linden bequem gemacht hatten, begnügten sich damit, bengalische Lichter und Knallfrösche anzuzünden.
Man kann sich leicht vorstellen, was die beiden eingesperrten Alten bei all diesem Spektakel und der jähen Helligkeit vor ihrem Hause ausstehen mochten.
Der Stadtrat, der Gemahl jener menschenfreundlichen Dame, hatte das kleine Mäuerchen des Gatters erklommen und ließ dort aus dem Stegreif eine Ansprache über die Feigheit der Hausbesitzer vom Stapel. Man klatschte Beifall.
Da die Irre glaubte, der Beifall gelte ihr, verneigte sie sich. Sie hielt immer noch einen Stoß Ziegel unter dem Arm, deren sie sich jedesmal als Wurfgeschoß bediente, sobald sie einen Helm aufblitzen sah. Mit ihrer unmenschlichen Stimme dankte sie, daß man sie endlich verstanden habe. Mir erschien sie wie eine Tochter des Meeres, die als Korsarenkapitän allein auf ihrem sinkenden Schiff stand.
Die Menge zerstreute sich, ihre Neugier hatte nachgelassen. Ich hatte mit meinem Vater dortbleiben wollen, während meine Mutter, um das Verlangen nach Übelkeit, das alle Kinder haben, zu befriedigen, die ihren vom Karussell zur Achterbahn schleifte. Gewiß, ich empfand dieses seltsame Verlangen noch stärker als meine Brüder. Ich liebte es, mein Herz

rasch und unregelmäßig pochen zu fühlen. Aber dieses Schauspiel, voll einer gewaltigen poetischen Kraft, befriedigte mich noch mehr. »Wie bleich du bist«, sagte meine Mutter. Ich schob dies auf die bengalischen Lichter. Sie verliehen mir, sagte ich, eine grüne Gesichtsfarbe.
»Ich fürchte trotzdem, das ist zuviel für sein empfindliches Gemüt«, sagte sie zu meinem Vater.
»Oh«, entgegnete er, »niemand ist weniger empfindlich. Er kann alles mit ansehen, außer, wenn man ein Kaninchen abzieht.«
Mein Vater sagte dies, damit ich bleiben konnte. Aber er wußte, wie sehr dieses Schauspiel mich aufwühlte. Ich fühlte, daß es ihn gleichfalls erregte. Ich bat ihn, mich auf die Schultern zu nehmen, damit ich besser sehen könnte. In Wahrheit war ich einer Ohnmacht nahe, meine Beine wollten mich nicht mehr tragen.
Es waren nun kaum mehr als zwanzig Personen zurückgeblieben. Wir hörten die Fanfaren. Jetzt kam der Fackelzug.
Hundert Fackeln erhellten mit einem Male die Irre, wie nach dem sanften Rampenlicht plötzlich das Magnesium aufblitzt, wenn der neue Star photographiert werden soll. Mit winkenden Händen, als wolle sie von uns Abschied nehmen, warf die Ärmste, die wohl an einen allgemeinen Weltuntergang glauben mochte oder einfach fürchtete, daß man sie nun einfangen werde, sich von dem Dach herab, zertrümmerte in ihrem Sturz mit gräßlichem Krachen die Markise und schlug schmetternd auf die Steinstufen auf. Bisher hatte ich versucht, alles zu ertragen, obwohl meine

Ohren dröhnten und mein Herz aussetzte. Aber als ich die Leute schreien hörte: »Sie lebt noch«, sank ich meinem Vater bewußtlos von den Schultern.

Als ich wieder zu mir gekommen war, nahm er mich mit an das Ufer der Marne. Dort streckten wir uns ins Gras und blieben lange schweigend liegen, bis tief in die Nacht.

Auf dem Heimweg glaubte ich hinter dem Gitter eine weiße Gestalt zu erblicken, den Geist des Dienstmädchens! Es war aber der alte Maréchaud, in einer baumwollnen Nachtmütze, der den angerichteten Schaden betrachtete: seine Markise, seine Dachziegel, seinen Rasen, seine Beete, seine blutbespritzten Treppenstufen, sein vernichtetes Ansehen.

Wenn ich so lange bei dieser Episode verweile, so deshalb, weil sie besser als jede andere die seltsame Periode des Krieges begreifen läßt und deutlich macht, wie viel mehr als das bloß Pittoreske die Poesie der Dinge es mir angetan hatte.

Wir hörten die Geschütze. Man schlug sich in der Nähe von Meaux. Es ging sogar das Gerücht, bei Lagny, fünfzehn Kilometer von uns entfernt, seien einige Ulanen gefangengenommen worden. Während meine Tante von einer Freundin erzählte, die gleich in den ersten Tagen geflüchtet sei, nachdem sie vorher ihre Stutzuhren und ihre Ölsardinen im Garten vergraben hatte, bat ich meinen Vater, auf ein Mittel zu sinnen, wie wir unsere alten Bücher mitnehmen könnten; ihr Verlust hätte mich am meisten geschmerzt.
Endlich, als wir uns eben zur Flucht anschickten, erfuhren wir aus den Zeitungen, daß es nicht mehr nötig war.
Meine Schwestern gingen nun nach J... und brachten den Verwundeten Körbe mit Birnen. Sie hatten eine, wenn auch freilich unzulängliche Entschädigung für all ihre schönen zerstobenen Pläne entdeckt. Wenn sie in J... ankamen, waren die Körbe schon fast leer!

Ich hätte nun eigentlich nach Paris auf das Henri IV kommen sollen; aber mein Vater zog es vor, mich noch ein Jahr auf dem Lande zu behalten. Meine einzige Zerstreuung in diesem trübseligen Winter bestand darin, zu unserer Zeitungsverkäuferin zu laufen, um auch gewiß zu sein, daß ich noch eine Nummer des *Mot* erhielt, einer Zeitung, die mir sehr gefiel, und die jeden Samstag erschien. An diesem Tage war ich stets sehr früh auf den Beinen.

Aber das Frühjahr kam und mit ihm kamen meine ersten Seitensprünge. Unter dem Vorwand des Sammelns wanderte ich damals oft in meinem Sonntagsstaat, ein junges Mädchen zu meiner Rechten, im Städtchen umher. Ich hielt die Büchse und sie den Korb mit den Abzeichen. Schon beim zweiten Male lehrten mich meine Genossen, diese freien Tage, an denen man mich einem jungen Mädchen in die Arme warf, gehörig auszunutzen. Von da ab bemühten wir uns, schon am Vormittag soviel Geld wie möglich einzuheimsen, übergaben dann mittags unseren Ertrag der Vereinsvorsteherin und trieben uns den Rest des Tages mit unseren Gefährtinnen auf den Hügeln von Chennevières herum. Damals fand ich auch meinen ersten Freund. Ich sammelte gerne mit seiner Schwester. Zum erstenmal verstand ich mich mit einem Jungen, der ebenso frühreif war wie ich, ja ich bewunderte seine Schönheit, seine Unverschämtheit. Die gemeinsame Verachtung für unsere gleichaltrigen Kameraden brachte uns einander noch näher. Unserer Ansicht nach waren wir die einzigen, die das nötige Verständnis, die nötige Reife besaßen; und wir waren auch die einzigen, die der Frauen würdig waren. Wir hielten uns für Männer. Zum Glück sollten wir nicht voneinander getrennt werden. René besuchte schon das Henri IV, und ich würde in die gleiche Klasse wie

er kommen, in die dritte. Er brauchte kein Griechisch zu lernen; er brachte mir dieses größte Opfer, seine Eltern zu überreden, daß sie es ihn dennoch lernen ließen. Derart würden wir immer beisammen sein. Da ihm schon ein Jahr Griechisch fehlte, bedeutete dies, daß er das Versäumte in Privatstunden nachholen mußte. Renés Eltern, die im Vorjahr seinem Drängen, ihn mit dem Griechischen zu verschonen, nachgegeben hatten, begriffen nicht, was ihn so verwandelt hatte. Sie hielten dies für eine Folge meines heilsamen Einflusses, und wenn sie seine anderen Kameraden duldeten, so war ich der einzige Freund, den sie billigten.
In diesem Jahr war mir zum erstenmal kein Tag der Ferien zur Last. Ich erfuhr also, daß niemand seinem Alter entrinnt und daß mein gefährlicher Hochmut wie Schnee an der Sonne geschmolzen war, sobald sich jemand meiner auf eine Weise annahm, die mir behagte. Das beiderseitige Entgegenkommen ersparte jedem die Hälfte des Weges, die sein Stolz bis zum andern zurückzulegen hatte.

Am Tage des Schulbeginns hatte ich in René einen wertvollen Führer.
Mit ihm zusammen war mir alles eine Lust, und mir, der ich allein nicht einen Schritt tun mochte, bereitete es ein echtes Vergnügen, zweimal am Tage den Weg zwischen dem Henri IV und dem Bastille-Bahnhof, wo wir in den Zug stiegen, zu Fuß zurückzulegen.
So vergingen drei Jahre, ohne eine andere Freundschaft und ohne eine andere Hoffnung als auf unsere

Donnerstags-Belustigungen mit den kleinen Mädchen, welche die Eltern meines Freundes uns in aller Unschuld auslieferten, indem sie die Freunde ihres Sohnes und die Freundinnen ihrer Tochter zu Kaffee und Kuchen einluden – harmlose Handgreiflichkeiten, die wir uns mit ihnen und die sie sich mit uns beim Pfänderspiel erlaubten.

Wenn die schöne Jahreszeit gekommen war, liebte es mein Vater, meine Brüder und mich auf lange Wanderungen mitzunehmen. Ein Lieblingsziel dieser Ausflüge war Ormesson und von dort aus der Weg längs des Morbras, eines Baches von ein Meter Breite, in dessen Uferwiesen Blumen standen, wie man sie nirgendwo anders fand und deren Namen mir entfallen sind. Dichte Polster von Kresse oder Minze verbergen dem Fuß, der sich zu weit vorwagt, die Stelle, wo das Wasser beginnt. Im Frühjahr treiben Tausende von weißen und rosigen Blütenblättern auf den Wellen des Baches. Die stammen von den Weißdorngebüschen.
Eines Sonntags im April 1917 nahmen wir, wie so oft schon, den Zug nach La Varenne, von wo aus wir zu Fuß nach Ormesson wandern wollten. Mein Vater sagte mir, daß wir in La Varenne sehr nette Leute treffen würden, nämlich die Grangiers. Sie waren mir nicht mehr ganz unbekannt, da ich dem Namen ihrer Tochter Marthe bereits in dem Katalog einer Gemäldeausstellung begegnet war. Eines Tages hatte ich meine Eltern von dem Besuch eines Herrn Grangier sprechen hören. Er war gekommen und hatte eine Mappe mit den Werken seiner achtzehnjährigen Tochter vorgezeigt. Marthe war damals krank. Ihr Vater

hätte ihr so gerne ein kleine Überraschung bereitet: daß ihre Aquarelle in eine Wohltätigkeitsausstellung, für die meine Mutter den Vorsitz übernommen hatte, aufgenommen würden. Diese Aquarelle waren anspruchslose Arbeiten: Man erkannte die brave Zeichenschülerin, die ihre Zunge vorschiebt und die Pinselhaare anleckt.

In La Varenne erwarteten uns die Grangiers schon auf dem Bahnsteig. Herr und Frau Grangier mochten etwa gleichaltrig sein, so um die Fünfzig herum. Aber Frau Grangier wirkte älter als ihr Mann; ihr Mangel an Eleganz, ihr plumper Wuchs waren schuld, daß sie mir auf den ersten Blick mißfiel.

Im Laufe unseres Spazierganges fiel mir auf, daß sie häufig die Brauen runzelte, was ihre Stirne mit Falten überzog, die erst nach einer gewissen Zeit wieder verschwanden. Damit sie mir alle nur erdenklichen Gründe lieferte, sie unleidlich zu finden, ohne daß ich mir eine Ungerechtigkeit vorzuwerfen hätte, wünschte ich, sie möchte sich recht vulgärer Redensarten bedienen. Doch in diesem Punkte enttäuschte sie mich.

Der Vater seinerseits schien ein ehrenwerter Mann, ein alter Unteroffizier, den seine Leute vergötterten. Wo aber blieb Marthe? Ich schauderte bei der Aussicht auf einen Spaziergang allein in Begleitung ihrer Eltern. Sie würde mit dem nächsten Zug kommen, »in einer Viertelstunde«, erklärte Frau Grangier, »da sie nicht mehr rechtzeitig fertig wurde. Sie kommt zusammen mit ihrem Bruder.«

Als der Zug einlief, stand Marthe auf dem Trittbrett des Wagens. »Warte doch, bis der Zug richtig hält«,

rief ihre Mutter ihr zu . . . Diese Sorglosigkeit gefiel mir.
Ihr schlichtes Kleid, ihr anspruchsloser Hut bewiesen, wie wenig ihr an der Meinung von Unbekannten gelegen war. Sie hielt einen Knaben an der Hand, der etwa elf Jahre sein mochte. Das war ihr Bruder, ein blasses Kind, mit fahlem Haar wie ein Albino, dessen ganzes Betragen erkennen ließ, daß er kränkelte.
Unterwegs gingen Marthe und ich voraus, während mein Vater zwischen dem Ehepaar Grangier den Beschluß bildete.
Meine Brüder langweilten sich tödlich mit diesem kümmerlichen kleinen Kameraden, den man ihnen aufgehalst hatte, und der keinen Schritt laufen durfte.
Als ich Marthe einige Komplimente über ihre Aquarelle machte, wehrte sie bescheiden ab; es seien nur Studien. Sie lege keinen besonderen Wert darauf. Sie werde mir Besseres zeigen: »stilisierte« Blumen. Ich hielt es für angemessen, ihr nicht gleich beim erstenmal zu sagen, daß ich diese Art von Blumen lächerlich fand.
Unter ihrem Hut konnte sie mich nicht recht sehen. Ich aber beobachtete sie.
»Sie haben wenig Ähnlichkeit mit Ihrer Frau Mutter«, sagte ich.
Das war galant gemeint.
»Ja, das heißt es mitunter; aber wenn Sie uns einmal besuchen kommen, werde ich Ihnen ein paar Photographien aus der Mädchenzeit meiner Mutter zeigen; die Ähnlichkeit zwischen uns beiden ist dort sehr auffallend.«

Diese Antwort stimmte mich traurig, und ich bat zu Gott, er möchte mich Marthe nicht sehen lassen, wenn sie das Alter ihrer Mutter erreicht hätte.
Um das Unbehagen dieser bedrückenden Antwort zu verscheuchen, wobei ich nicht bedachte, daß sie ja nur für mich bedrückend war, weil Marthe ihre Mutter glücklicherweise nicht mit meinen Augen sah, sagte ich:
»Sie sollten eine andere Frisur tragen, glattes Haar würde Ihnen sehr viel besser stehen.«
Ich war über mich selbst entsetzt, denn noch niemals hatte ich so etwas zu einer Frau gesagt. Und ich mußte dabei an meine eigene Frisur denken!
»Sie können Mama fragen« (als ob sie es nötig hätte, sich vor mir zu rechtfertigen!), »sonst bin ich nicht so schlecht frisiert; aber diesmal war es schon recht spät, und ich fürchtete, den zweiten Zug zu versäumen. Übrigens hatte ich nicht die Absicht, meinen Hut abzunehmen.«
»Was ist das bloß für ein Mädchen«, dachte ich, »das sich von einem Jungen Vorhaltungen über seine Haarsträhnen machen läßt?«
Ich versuchte, ihren literarischen Geschmack zu erraten; ich war glücklich, daß sie Baudelaire und Verlaine kannte, entzückt über die Art, wie sie Baudelaire liebte, auch wenn es durchaus nicht die meine war. Ich erkannte darin eine Art von Auflehnung. Die Grangiers hatten sich schließlich mit dem Geschmack ihrer Tochter abgefunden. Marthe verdachte es ihnen, daß es nur aus elterlicher Zuneigung geschah. Ihr Verlobter erzählte ihr in seinen Briefen von seiner Lektüre,

und wenn er ihr gewisse Bücher empfahl, so gab es andere, die er ihr verboten hatte. Die *Blumen des Bösen* gehörten zu den verbotenen Büchern. Unangenehm überrascht, zu erfahren, daß sie verlobt sei, erfüllte es mich mit Genugtuung, daß sie die Anordnungen eines Soldaten in den Wind schlug, der so einfältig war, Baudelaire für gefährlich zu halten. Und es befriedigte mich, festzustellen, daß seine Ansichten bei ihr häufig auf Widerstand stießen. Nach der ersten unangenehmen Überraschung schien mir seine Engstirnigkeit begrüßenswert, um so mehr, als ich, wenn die *Blumen des Bösen* auch nach seinem Geschmack gewesen wären, befürchten mußte, daß ihre künftige Wohnung so aussähe, wie die in dem Gedicht *Der Tod der Liebenden* beschriebene. Dann fragte ich mich, was mich das eigentlich anginge.
Ihr Verlobter hatte ihr auch den Besuch der Zeichenschulen verboten. Obwohl ich keine solche Schule besuchte, machte ich ihr den Vorschlag, sie einmal dorthin mitzunehmen und fügte hinzu, daß ich oft dort arbeitete. Gleich darauf fürchtete ich jedoch, meine Lüge möchte aufkommen, und so bat ich sie, meinem Vater gegenüber nichts davon zu erwähnen. Er wisse nämlich nicht, sagte ich, daß ich häufig die Turnstunden schwänzte, um auf die *Grande Chaumière* zu gehen. Sie sollte nicht denken, ich verheimlichte den Besuch dieser Akademie vor meinen Eltern, weil sie mir den Anblick nackter Frauen verboten hätten. Ich war glücklich, daß wir schon ein Geheimnis miteinander hatten, und ich, der Schüchterne, fühlte mich ihr gegenüber bereits als kleiner Tyrann.

Ich war auch stolz darauf, daß man mich der Landschaft vorzog, denn wir hatten der anmutigen Umgebung noch mit keinem Wort gedacht. Manchmal hörten wir ihre Eltern hinter uns rufen: »Schau doch, Marthe, drüben rechts, wie reizend die Hügel von Chennevières daliegen!« Oder ihr Bruder kam und wollte den Namen einer Blume wissen, die er soeben gepflückt hatte. Sie gönnte ihnen nur eine zerstreute Aufmerksamkeit, gerade genug, daß sie nicht ungehalten wurden.

Wir hielten eine kleine Rast in den Wiesen von Ormesson. In meiner Einfalt bedauerte ich, so weit gegangen zu sein und die Dinge so überstürzt zu haben. ›Wäre unser Gespräch weniger innig und statt dessen natürlicher gewesen‹, dachte ich, ›so könnte ich jetzt mein Licht vor ihr leuchten lassen und mir das Wohlwollen ihrer Eltern erwerben, wenn ich der Gesellschaft die Geschichte dieses Dorfes erzählte.‹ So unterließ ich es. Ich glaubte, gewichtige Gründe dafür zu haben, und meinte, nach allem, was vorausgegangen war, hätte ein Gespräch, das so gar nichts mit unseren gemeinsamen Empfindungen zu schaffen hatte, den Zauber unseres Einverständnisses zerstören müssen. Ich glaubte, es seien ernste Dinge zwischen uns geschehen. Was übrigens stimmte, aus dem einfachen Grunde, weil, wie ich später erfuhr, Marthe unser Gespräch im gleichen Sinne mißverstanden hatte wie ich. Ich aber, dem dies verborgen blieb, meinte, hochbedeutsame Worte an sie gerichtet zu haben. Ich glaubte, einer Gefühllosen meine Liebe erklärt zu haben. Ich vergaß, daß Herr und Frau Grangiers alles, was ich

ihrer Tochter gesagt hatte, unbedenklich hätten hören dürfen; wäre ich aber wohl noch imstande gewesen, ihr dasselbe im Beisein ihrer Eltern zu sagen?
›Marthe schüchtert mich überhaupt nicht ein‹, wiederholte ich mir. ›Es ist also nur die Anwesenheit ihrer Eltern und meines Vaters, was mich hindert, mich über ihren Nacken zu beugen und sie zu küssen.‹
In mir aber war ein anderer Knabe sehr zufrieden über die Anwesenheit dieser Spielverderber. Dieser andere dachte:
›Welch ein Glück, daß ich nicht mit ihr allein bin! Ich fände ja doch nicht den Mut, sie zu küssen, und meine Unterlassung wäre unentschuldbar.‹
So betrügt der Schüchterne sich selbst.

In Sucy nahmen wir wieder den Zug. Da wir bis zu seiner Abfahrt noch eine gute halbe Stunde Zeit hatten, ließen wir uns auf einer Caféterrasse nieder. Ich mußte Frau Grangiers Komplimente über mich ergehen lassen. Sie waren insofern demütigend für mich, als sie ihrer Tochter Marthe in Erinnerung brachten, daß ich ja nur ein Pennäler war, der dieses Jahr sein Einjähriges machen würde. Marthe wollte eine Grenadine trinken; ich bestellte das gleiche. In der Frühe noch wäre ich mir entehrt vorgekommen, wenn ein Tropfen dieses Saftes über meine Lippen gekommen wäre. Mein Vater wunderte sich. Er ließ mir immer einen Apéritif servieren. Ich fürchtete, er könnte mich wegen meiner Mäßigkeit aufziehen. Er tat es auch, doch immerhin in so dunklen Anspielungen,

daß Marthe nicht erriet, daß ich eine Grenadine trank, um das gleiche zu tun wie sie.
In F... angekommen, verabschiedeten wir uns von den Grangiers. Ich versprach Marthe, ihr am folgenden Donnerstag meine Sammlung der Zeitung *Le Mot* zu bringen und Rimbauds Dichtung *Ein Sommer in der Hölle*.
»Auch so ein Titel, der meinem Verlobten gefallen würde.«
Sie lachte.
»Aber Marthe!« sagte stirnrunzelnd ihre Mutter, die ein solcher Mangel an Unterordnung immer empörte.

Mein Vater und meine Brüder hatten sich sehr gelangweilt. Was kümmerte es mich? Das Glück ist selbstsüchtig.

Anderntags auf der Schule empfand ich kein Bedürfnis, René, dem ich sonst alles anvertraute, die Erlebnisse des Sonntags zu berichten. Es war mir nicht danach zumute, seinen Spott zu ertragen, daß ich Marthe nicht heimlich geküßt hatte. Etwas anderes erstaunte mich: Ich fand, daß René sich heute weniger von meinen übrigen Kameraden unterschied.

Was ich Marthe an Liebe zuwandte, entzog ich meinem Freunde, meinen Eltern, meinen Schwestern.

Ich nahm mir fest vor, mich zu beherrschen und sie nicht vor dem vereinbarten Tage aufzusuchen. Trotzdem war ich Dienstag nachmittag schon so weit, daß ich es nicht mehr länger aushielt, und ich verstand es, meine Schwachheit mit triftigen Gründen zu entschuldigen, die es mir gestatteten, ihr das Buch und die Zeitungen gleich nach dem Abendessen zu bringen. Ich sagte mir, Marthe werde in meiner Ungeduld ein Zeichen meiner Liebe sehen, ›und wenn sie es nicht sehen will, so werde ich sie schon dazu veranlassen‹.
Eine Viertelstunde lang lief ich wie ein Verrückter, bis zu ihrem Hause. Dann fürchtete ich, ich könnte sie noch beim Essen stören; in Schweiß gebadet, stand

ich zehn Minuten vor dem Gartentor und hoffte, mein Herzklopfen werde inzwischen etwas nachlassen. Statt dessen wurden die Schläge immer heftiger. Ich war schon drauf und dran, wieder umzukehren, als ich bemerkte, daß aus einem benachbarten Fenster seit einigen Minuten eine Frau neugierig nach mir ausspähte, die sich wohl fragen mochte, was ich dort im Schutz dieser Haustür zu suchen hätte. Sie bestärkte mich in meinem Entschluß. Ich läutete. Beim Eintreten fragte ich das Mädchen, ob die gnädige Frau zu Hause sei. Gleich darauf erschien Frau Grangier in dem kleinen Zimmer, in das man mich geführt hatte. Ich stutzte, als ob das Mädchen gleich hätte begreifen müssen, daß ich nur der Schicklichkeit halber nach der »gnädigen Frau« gefragt hatte, in Wahrheit jedoch gekommen war, um das »gnädige Fräulein« zu sprechen. Errötend bat ich Frau Grangier, sie möge verzeihen, daß ich sie zu dieser vorgerückten Stunde störe, als ob es ein Uhr nachts gewesen wäre: Aber da ich Donnerstag nicht kommen könne, brächte ich ihrer Tochter heute schon das Buch und die Zeitungen.
»Das trifft sich vorzüglich«, erwiderte Frau Grangier, »Marthe hätte Sie sowieso nicht empfangen können. Ihr Verlobter hat unerwarteterweise vierzehn Tage früher Urlaub erhalten. Er ist gestern angekommen, und Marthe speist heute abend bei ihren künftigen Schwiegereltern.«
Ich ging also wieder fort, und da ich keine Möglichkeit sah, Marthe jemals wiederzusehen, so bemühte ich mich, nicht mehr an sie zu denken. Mit dem Erfolg, daß ich an nichts anderes mehr dachte.

Einen Monat später jedoch, als ich eines Morgens auf dem Bastille-Bahnhof aus meinem Abteil sprang, sah ich sie aus einem anderen Wagen steigen. Sie war nach Paris gefahren, um in den Geschäften Verschiedenes für ihren künftigen Haushalt auszusuchen. Ich bat sie, mich bis zum Henri IV zu begleiten.

»Wie merkwürdig«, sagte sie, »nächstes Jahr, wenn Sie in die Obersekunda kommen, werden Sie meinen Schwiegervater als Mathematikprofessor haben.«

Verärgert, daß sie gleich von der Schule anfing, als gäbe es keinen anderen Gesprächsstoff, der sich für mein Alter schickte, antwortete ich in gereiztem Ton, daß das freilich komisch wäre.

Sie runzelte die Brauen. Ich mußte an ihre Mutter denken.

Inzwischen hatten wir das Gymnasium erreicht, und da ich sie nach diesen Worten, die ich für verletzend hielt, nicht verlassen wollte, beschloß ich, erst eine Stunde später in die Schule zu gehen, nach dem Zeichenunterricht. Ich war glücklich, daß Marthe bei dieser Gelegenheit nicht etwa ihre Wohlerzogenheit hervorkehrte, mir keinen Vorwurf machte und mir vielmehr für ein solches Opfer, das gar keines war, zu danken schien. Ich war ihr dankbar, daß sie mir nicht vorschlug, sie statt dessen bei ihren Einkäufen zu begleiten, sondern daß sie mir ihre Zeit überließ, wie ich ihr die meine.

Wir waren jetzt im Garten des Luxembourg; auf der Turmuhr des Senats schlug es neun Uhr. Ich gab die Schule auf. Durch ein Wunder hatte ich heute so viel Geld in der Tasche, wie ein Schüler sonst in zwei Jahren nicht in die Hände bekommt; ich hatte nämlich tags zuvor meine seltensten Briefmarken auf der Briefmarkenbörse hinter dem Kasperltheater der Champs-Elysées verkauft.

Als Marthe mir im Laufe unserer Unterhaltung mitteilte, sie werde bei ihren Schwiegereltern zu Mittag essen, beschloß ich, sie umzustimmen, daß sie mit mir zusammenbliebe. Es schlug halb zehn Uhr, Marthe erschrak; sie war es noch nicht gewöhnt, daß jemand ihretwegen alle seine Pflichten vernachlässigte, und seien es auch nur Schulpflichten. Wie sie aber sah, daß ich mich nicht von meinem Eisenstuhl rührte, fand sie doch nicht den Mut, mich daran zu erinnern, daß ich längst auf den Bänken des Henri IV sitzen sollte.

Wir rührten uns nicht. So stelle ich mir das Glück vor. Ein Hund sprang aus dem Wasserbecken und schüttelte sich. Marthe erhob sich wie jemand, der nach dem Mittagessen geschlummert hat und nun, das Gesicht noch ganz vom Schlaf verklebt, seine Träume abschüttelt. Sie vollführte ein paar gymnastische Bewegungen mit den Armen. Ich sah darin ein bedenkliches Vorzeichen für unser Einvernehmen.

»Diese Stühle sind zu hart«, sagte sie, wie zur Entschuldigung, daß sie aufgestanden war.

Sie trug ein leichtes Seidenkleid, das vom Sitzen etwas knitterig geworden war. Ich mußte dabei unwillkürlich an das Muster denken, das das Stuhlgeflecht auf ihrer Haut hinterlassen hatte.

»Nun gut, begleiten Sie mich und helfen Sie mir, meine Einkäufe zu erledigen, da Sie offenbar entschlossen sind, heute nicht in die Schule zu gehen«, sagte Marthe und spielte damit zum erstenmal auf das an, was ich um ihretwillen vernachlässigte.

Ich begleitete sie in mehrere Wäschegeschäfte und verhinderte dort, daß sie das bestellte, was ihr gefiel und was mir mißfiel; so zum Beispiel schob ich alles in Rosa beiseite, eine Farbe, die ich nicht ausstehen kann, und die ihre Lieblingsfarbe war.

Nach diesen ersten Siegen mußte ich sie noch dahinbringen, daß sie nicht bei ihren Schwiegereltern zu Mittag aß. Da ich mir nicht vorstellen konnte, sie werde sie belügen, einfach weil es ihr Freude machte, mit mir zusammenzubleiben, suchte ich herauszufinden, was sie wohl veranlassen könnte, ihnen mit mir ein Schnippchen zu schlagen. Sie hatte sich immer schon gewünscht, einmal eine amerikanische Bar kennenzulernen. Und sie hatte niemals gewagt, ihren Verlobten zu bitten, sie dorthin zu führen. Er kannte auch gar keine Bars. Das war der rechte Vorwand. Sie weigerte sich, doch man merkte ihr an, was es sie kostete, so daß ich insgeheim überzeugt war, sie werde schon noch nachgeben. Als ich nach einer halben Stunde alle Argumente, sie umzustimmen, erschöpft hatte, gab ich es auf und begleitete sie zu ihren Schwiegereltern, in der Verfassung eines zum Tode Verurteilten, der noch bis zuletzt hofft, daß ihn ein Handstreich auf dem Gang zur Richtstätte befreien wird. Ich sah die Straße näher kommen, ohne daß irgend etwas geschah. Plötzlich aber pochte Marthe an die Scheibe des Taxi und ließ den Fahrer vor einem Postamt halten.

Zu mir sagte sie:
»Warten Sie einen Augenblick. Ich werde meine Schwiegermutter anrufen und ihr sagen, daß ich in einem allzu abgelegenen Viertel sei, um noch rechtzeitig bei ihr einzutreffen.«
Nach einigen Minuten, als ich schon vor Ungeduld verging, gewahrte ich einen Blumenstand und suchte mir dort, eine um die andere, eine Anzahl roter Rosen aus, die ich zu einem Strauß zusammenbinden ließ. Ich dachte dabei nicht so sehr an Marthes Freude als daran, daß sie heute abend bei ihrer Heimkehr abermals eine Lüge vorbringen müsse, um ihren Eltern die Herkunft dieser Rosen zu erklären. Unser Plan bei unserer ersten Begegnung, eine Zeichenschule zu besuchen, die Lüge am Telephon, die sie heute abend ihren Eltern gegenüber wiederholen würde, wozu dann noch die Lüge kam, welche Bewandtnis es mit diesen Rosen habe – dies alles waren Gunstbezeigungen, die mir köstlicher als ein Kuß vorkamen. Da ich die kleinen Mädchen schon öfters ohne sonderliche Lust auf den Mund geküßt hatte und nicht bedachte, daß mir dies nur darum so wenig bedeutete, weil es ohne Liebe geschah, so erregten Marthes Lippen kaum mein Verlangen. Ein solches heimliches Einverständnis aber war mir bisher unbekannt geblieben.
Als Marthe aus dem Postamt trat, strahlte sie über ihre erste Lüge. Ich gab dem Fahrer die Adresse einer Bar in der Rue Daunou.
Sie begeisterte sich wie ein Pensionatsmädchen über den weißen Rock des *barman*, die Anmut, mit der er seine silbernen Becher schwenkte, die wunderlichen

oder poetischen Namen der Mischungen. Von Zeit zu Zeit roch sie an ihren roten Rosen, die ihr zu einem Aquarell dienen sollten, das sie mir zur Erinnerung an diesen Tag schenken würde. Ich bat sie, mir eine Photographie ihres Verlobten zu zeigen. Ich fand ihn schön. Und da ich schon merkte, welchen Wert sie auf mein Urteil legte, trieb ich die Heuchelei so weit, ihr zu sagen, er sähe sehr gut aus; wobei ich eine wenig überzeugte Miene aufsetzte, damit sie denken sollte, ich sagte dies nur aus Höflichkeit. Ein solches Verhalten war, meiner Meinung nach, genau das Richtige, um ihr jugendliches Gemüt zu verwirren und mir gleichzeitig ihre Erkenntlichkeit einzutragen.

Nachmittags aber wollte endlich der Zweck ihrer Reise bedacht sein. Ihr Verlobter, dessen Geschmack sie kannte, hatte ihr völlig freie Hand gelassen, die künftige Wohnungseinrichtung auszusuchen. Aber ihre Mutter wollte sie mit aller Gewalt begleiten. Endlich, nachdem Marthe beteuert hatte, sie werde keine Dummheiten begehen, hatte sie alleine fahren dürfen. An jenem Tag sollte sie einige Möbel für ihr Schlafzimmer aussuchen. Obwohl ich mir geschworen hatte, bei keinem von Marthes Worten mein Entzücken oder mein Mißfallen zu erkennen zu geben, mußte ich mir doch Gewalt antun, um auf dem Boulevard einen ruhigen Schritt zu bewahren, der nun nicht mehr mit dem Takt meines Herzens übereinstimmte.

Diese Nötigung, Marthe zu begleiten, erschien mir ein rechtes Mißgeschick. Ich sollte ihr also helfen, ein Zimmer auszusuchen, das für sie und einen anderen bestimmt war! Dann aber zeigte sich mir ein Mittel,

wie ich es anstellen könnte, ein Zimmer für Marthe und mich auszusuchen.
Ich hatte ihren Verlobten so rasch vergessen, daß ich verwundert gewesen wäre, wenn man mich eine Viertelstunde später daran erinnert hätte, daß in dem Zimmer ein anderer neben ihr schlafen werde.
Ihr Verlobter hatte eine besondere Vorliebe für Rokokomöbel.
Marthes schlechter Geschmack lag in einer anderen Richtung; sie hätte eher etwas Japanisches gewollt. Ich sah mich also genötigt, alle beide zu bekämpfen. Es kam nur darauf an, wer flinker war. Kaum tat Marthe eine Äußerung, die mich erraten ließ, was sie lockte, mußte ich sie auf das Gegenteil, das auch nicht immer nach meinem Geschmack war, hinweisen, damit ich mir zuletzt den Anschein geben konnte, als beugte ich mich ihrer Wahl, wenn ich ein Möbel gegen ein anderes, das ihr Auge weniger verletzte, preisgab.
Sie murmelte nur noch: »Und er hätte doch so gerne ein Zimmer in Rosa gehabt.« Sie wagte schon nicht mehr, sich zu ihrem eigenen Geschmack zu bekennen, und schrieb ihn ihrem Verlobten zu. Ich ahnte, in ein paar Tagen würden wir uns zusammen darüber lustig machen.
Trotzdem blieb mir diese Nachgiebigkeit ein Rätsel. ›Wenn sie mich nicht liebt‹, dachte ich, ›was mag sie nur bewegen, auf mich zu hören, mir ihre eigenen Vorlieben und die jenes jungen Mannes zum Opfer zu bringen?‹ Ich konnte keinen Grund finden. Das Bescheidenste wäre noch die Annahme gewesen, daß

Marthe mich liebte. Ich war jedoch vom Gegenteil überzeugt.

Marthe hatte zu mir gesagt: »Wollen wir ihm wenigstens die rosa Wandbespannung gönnen.« – Dieses »wollen wir ihm« hätte fast genügt, daß ich meine Beute fahren ließ. Aber »ihm die rosa Wandbespannung gönnen«, hieß soviel wie alles preisgeben. Ich stellte Marthe vor, wie sehr diese rosa Wände die schlichten Möbel, die »wir ausgesucht hatten«, beeinträchtigen würden, und da ich das offene Ärgernis noch vermeiden wollte, riet ich ihr, die Wände ihres Zimmers mit Kalkfarbe tünchen zu lassen.

Das war der Gnadenstoß. Ich hatte ihr den ganzen Tag so zugesetzt, daß sie ihn ohne Widerstand empfing. Sie sagte nur noch: »Ja, das wird das Richtige sein.«

Am Ende dieses aufreibenden Tages gratulierte ich mir, daß ich einen gehörigen Schritt vorwärtsgekommen war. Es war mir gelungen, diese Liebesheirat, oder vielmehr diese Heirat zweier Verliebter, Möbel um Möbel, in eine Vernunftheirat zu verwandeln, und in was für eine! Denn die Vernunft spielte schließlich gar keine Rolle dabei, da jeder im anderen nur die Vorteile fand, die eine Liebesheirat bietet.

Statt nun in Zukunft meine Ratschläge zu vermeiden, bat sie mich, als wir uns abends trennten, ihr doch an den folgenden Tagen auch bei der Wahl der übrigen Möbel behilflich zu sein. Ich sagte zu, allerdings nur unter der Bedingung, daß sie mir fest versprach, es niemals ihrem Verlobten zu verraten; denn der einzige Grund, der ihn, wenn er Marthe liebte, bewegen konnte, diese Möbel hinzunehmen, war die Vorstellung,

daß alles von ihr stammte, ihrem Geschmack entsprach, der nun künftig beider Geschmack sein würde.
Als ich nach Hause zurückkam, glaubte ich in den Blicken meines Vaters zu lesen, daß er meine Eskapade schon erfahren hatte. Natürlich wußte er nichts; wie hätte er auch etwas davon erfahren sollen?
»Pah! Jacques wird sich schon an dieses Zimmer gewöhnen«, hatte Marthe gesagt. Als ich mich niederlegte, wiederholte ich mir, daß, wenn Marthe heute vor dem Einschlafen an ihre künftige Ehe dächte, ihr diese in einem ganz anderen Lichte erscheinen würde als noch tags zuvor. Doch wie dieses Idyll auch ausgehen mochte, ich meinerseits hatte mich im voraus gehörig an ihrem Jacques gerächt: Ich dachte an ihre Hochzeitsnacht in diesem nüchternen Zimmer, in »meinem« Zimmer!
Anderntags in der Frühe paßte ich den Briefträger, der eine Benachrichtigung über mein Fernbleiben von der Schule bringen mußte, auf der Straße ab. Er übergab mir die Post, ich steckte den bewußten Brief zu mir und warf die übrigen in den Kasten an unserem Gartentor. Ein Verfahren, das allzu einfach war, um es nicht immer wieder anzuwenden.
Dem Unterricht fernbleiben, hieß für mich soviel, wie daß ich in Marthe verliebt war. Ich täuschte mich. Marthe war für mich nur ein Vorwand, die Schule zu schwänzen. Dies wurde schon dadurch bewiesen, daß ich, nachdem ich in Marthes Gesellschaft den Zauber der Freiheit gekostet hatte, ihn nun auch alleine kosten und endlich auch andere dazu verführen wollte. Die Freiheit wurde bald eine Droge für mich.

Das Schuljahr näherte sich seinem Ende, und ich sah mit Schrecken, daß meine Faulheit straflos ausgehen würde, während ich doch wünschte, daß man mich von der Schule jagte, damit diese Periode einen recht dramatischen Abschluß fände.

Wenn man sich immer den gleichen Vorstellungen überläßt, immer nur eines im Sinn hat, das man inbrünstig herbeiwünscht, so bemerkt man schließlich nicht mehr das Verbrecherische seiner Wünsche. Gewiß, ich wollte meinem Vater keinen Kummer bereiten; trotzdem wünschte ich mir das, was ihm den allergrößten machen mußte. Der Unterricht war mir immer eine Qual gewesen; Marthe und die Freiheit hatten ihn mir vollends verleidet. Ich mußte mir auch eingestehen, daß ich René nur deshalb weniger liebte, weil er mich an die Schule erinnerte. Ich litt bei der Vorstellung – und diese Furcht machte mich sogar körperlich krank –, daß ich das nächste Jahr wieder unter meinen Mitschülern sitzen sollte und ihre Albernheiten ertragen müßte.

Zu Renés Unglück hatte ich ihn allzu tief in mein Laster hineingelockt. Als er, der weniger Geschickte, mir daher eines Tages mitteilte, er sei von der Schule entlassen, glaubte ich, es ebenfalls zu sein. Nun galt es, dies meinem Vater zu gestehen, denn er würde mir Dank wissen, wenn ich selber ihn davon in Kenntnis setzte, ehe die Benachrichtigung des Studieninspektors eintraf, die man in diesem ernsteren Falle ja nicht gut verschwinden lassen konnte.

Das war an einem Mittwoch. Am folgenden Tag, der schulfrei war, wartete ich, bis mein Vater nach Paris gefahren war, um meine Mutter ins Bild zu setzen. Die Aussicht auf vier Tage häuslichen Unfriedens bedrückte sie mehr als die Nachricht selbst. Dann verließ ich das Haus und schlug den Weg zum Ufer der Marne ein, wo ich Marthe zu treffen hoffte, die unter Umständen dorthin kommen wollte. Sie war nicht dort. Das traf sich günstig. Meine Liebe hätte durch diese Begegnung eine unheilvolle Stärkung erfahren, so daß ich meinem Vater nachher die Stirne hätte bieten können; so aber, da das Unwetter nach einem leeren und trübsinnigen Tag auf mich niedergehen würde, trat ich, wie es sich für mich schickte, gesenkten Hauptes den Heimweg an. Als ich zu Hause ankam, war es bereits etwas später, als mein Vater einzutreffen pflegte. Er wußte also schon Bescheid. Ich ging im Garten auf und ab und wartete, daß er mich rufen ließ. Meine Schwestern spielten schweigend. Sie ahnten wohl schon etwas. Einer meiner Brüder, den das zu erwartende Unwetter ganz zappelig machte, kam und richtete mir aus, ich möchte auf das Zimmer kommen, wo mein Vater sich hingelegt hatte.

Hätte er mich mit heftigen Worten, mit Drohungen empfangen, so hätte ich ihm trotzen können. Doch es kam viel ärger. Mein Vater schwieg. Dann hörte ich ihn ohne jeden Zorn, mit einer Stimme, die sogar noch sanfter als gewöhnlich klang, sagen:

»Nun ja, und wie hast du dir das Weitere vorgestellt?«

Die Tränen, die keinen Ausweg aus meinen Augen fanden, dröhnten wie ein Bienenschwarm in meinem Schädel. Einem Willen hätte ich den meinigen,

obschon er machtlos war, entgegensetzen können. Vor so viel Sanftheit sah ich keine andere Möglichkeit als die Unterwerfung.
»Ich werde tun, was du für richtig hältst.«
»Nein, lüge nicht auch noch. Ich habe dir immer in allem deinen Willen gelassen; fahre nur so fort. Wie es scheint, hast du es darauf abgesehen, daß ich mein Verhalten dir gegenüber eines Tages bereuen soll.«
In der frühen Jugend neigt man wie die Frauen nur allzu leicht zu dem Glauben, daß Tränen alles wieder gutmachen. Mein Vater forderte nicht einmal Tränen von mir. Vor seiner Großmut schämte ich mich der Gegenwart und der Zukunft. Denn ich fühlte, daß alles, was ich sagen könnte, eine Lüge wäre. ›Wenn diese Lüge ihm wenigstens so lange ein Trost ist‹, dachte ich, ›bis auch sie ein Anlaß zu neuem Kummer wird.‹ Aber nein, ich versuche immer noch, mir selber etwas vorzumachen. Was ich wollte, war eine Beschäftigung, die mich keine größere Anstrengung kostete als ein Spaziergang, und die wie ein solcher meinem Geist die Freiheit ließ, sich keinen Augenblick lang von Marthe zu trennen. Ich stellte mich, als wollte ich Malunterricht nehmen und als hätte ich diesen Wunsch bisher nicht zu äußern gewagt. Wiederum gewährte mein Vater mir meine Bitte, unter der Bedingung jedoch, daß ich gleichzeitig fortführe, das zu Hause zu lernen, was ich sonst auf der Schule hätte lernen müssen.
Wenn die Fessel, die uns an einen anderen Menschen bindet, noch locker ist, so genügt es, ein einziges Rendezvous zu verpassen, und schon hat man ihn aus den

Augen verloren. Je mehr meine Gedanken sich mit Marthe beschäftigten, desto mehr kam sie mir schließlich aus dem Sinn. Meinem Geist erging es, wie es unseren Augen mit der Tapete unseres Zimmers ergeht. Der ständige Anblick bewirkt, daß wir sie zuletzt überhaupt nicht mehr sehen.

Und was schier unglaublich war: ich bekam wieder Lust zur Arbeit. Ich hatte also doch nicht gelogen, wie ich gefürchtet hatte.
Wenn irgendein äußerer Umstand mich veranlaßte, etwas weniger träge an Marthe zu denken, so dachte ich doch ohne Liebe an sie, mit jenem leisen Bedauern, das man über Dinge empfindet, die wohl hätten sein können. ›Ach was!‹ sagte ich mir, ›das wäre zu schön gewesen. Man kann eben nicht zugleich das Bett aussuchen und darin schlafen.‹

Eines wunderte meinen Vater. Der Brief des Studieninspektors kam nicht. Aus diesem Anlaß machte er mir seine erste Szene. Er war des Glaubens, ich hätte den Brief unterschlagen und mich dann gestellt, als teilte ich ihm die Neuigkeit aus freiem Antrieb mit, um so seine Vergebung zu erschleichen. In Wirklichkeit gab es diesen Brief überhaupt nicht. Ich glaubte nur, ich sei entlassen, aber ich täuschte mich. Mein Vater fiel daher aus allen Wolken, als zu Beginn der Ferien ein Brief des Studieninspektors eintraf.
Er enthielt eine Anfrage, ob ich krank sei und ob sie mich für das nächste Schuljahr einschreiben dürften.

Die Freude darüber, daß ich meinen Vater nicht länger zu enttäuschen brauchte, füllte ein wenig meine innere Leere aus, denn obschon ich Marthe nicht mehr zu lieben glaubte, so war sie in meinen Augen doch die einzige Geliebte, die meiner würdig gewesen wäre. Was bedeutete, daß ich sie immer noch liebte.

In dieser Gemütsverfassung befand ich mich, als ich Ende November, einen Monat, nachdem ich ihre Vermählungsanzeige erhalten hatte, beim Nachhausekommen eine Einladung von Marthe vorfand, deren erste Zeilen lauteten: »Ihr Schweigen ist mir unerklärlich. Warum kommen Sie mich nicht besuchen? Sie haben wohl vergessen, daß Sie meine Möbel ausgesucht haben?...«

Marthe wohnte in J...; ihre Straße senkte sich bis zur Marne hinunter. Auf beiden Seiten standen höchstens je ein Dutzend Landhäuser. Ich wunderte mich, das ihre so groß zu finden. Sie bewohnte jedoch nur das obere Stockwerk, während die Besitzer und ein altes Ehepaar sich in das Erdgeschoß teilten.

Als ich zum Nachmittagskaffee dort ankam, war es schon finster. Nur ein Fenster war erleuchtet; man sah keinen Menschen, vermutete aber ein Feuer. Das

Eisentor des Gartens war nur angelehnt. Ich wunderte mich über eine solche Fahrlässigkeit. Ich suchte die Glocke: Ich fand sie nicht. Endlich, nachdem ich die drei Stufen der Freitreppe hinaufgestiegen war, entschloß ich mich, rechter Hand an die Scheiben des Erdgeschosses zu pochen, hinter denen ich Stimmen hörte. Eine alte Frau öffnete mir die Tür: Ich fragte, wo Frau Lacombe (das war Marthes neuer Name) wohne. »Oben im ersten Stock.« Mehrmals im Finstern anstoßend, stolperte ich die Treppe hinauf und starb fast vor Angst, es möchte ein Unglück geschehen sein. Ich klopfte. Marthe kam und öffnete. Ich war nahe daran, ihr um den Hals zu fallen, wie Leute, die sich kaum kennen, nachdem sie einem Schiffbruch entronnen sind. Sie hätte nichts begriffen. Ich mußte ihr sonderbar verstört vorkommen, denn meine erste Frage war, warum es bei ihr brenne.
»Wieso? Ich erwartete Sie doch, und da habe ich im Wohnzimmer ein Feuer aus Olivenholz angelegt, um dabei zu lesen.«
Als ich den kleinen Raum betrat, der ihr mit seinen wenigen Möbeln zum Wohnzimmer diente und den die Vorhänge, der dicke, weiche Teppich, in den man wie in ein Tierfell einsank, so sehr verengten, daß er fast wie eine Schachtel wirkte, war ich zugleich glücklich und unglücklich, wie ein Bühnenautor, der sein Stück zum erstenmal auf der Bühne sieht und zu spät gewisse Fehler entdeckt.
Marthe hatte sich vor dem Kamin ausgestreckt und stocherte in der Glut, wobei sie darauf achtete, daß keines der dunklen Holzstückchen unter die Asche geriet.

»Vielleicht mögen Sie den Geruch von Olivenholz nicht? Es stammt von meinen Schwiegereltern; sie haben mir einen kleinen Vorrat davon kommen lassen, von ihrem Landgut im Süden.«

Es schien, als wollte Marthe sich wegen einer Einzelheit entschuldigen, die sie in diesem Zimmer, das mein Werk war, aus eigenem Ermessen hinzugefügt hatte. Vielleicht zerstörte dieses fremde Element eine Gesamtwirkung, die sie nicht recht begriff.

Im Gegenteil. Ich fand dieses Feuer herrlich, und es gefiel mir auch, daß sie wie ich wartete, bis die Glut sie auf einer Seite fast geröstet hatte, um sich dann erst auf die andere zu wenden. Ihr stilles, ernstes Gesicht war mir noch niemals so schön erschienen wie in diesem wilden Licht. Da es sich nicht in das Zimmer verstrahlte, behielt dieses Licht alle Helle bei sich. Sobald man sich etwas entfernte, geriet man ins Finstere und stieß sich an den Möbeln.

Marthe kannte keinen Mutwillen. Selbst wenn sie scherzte, blieb sie ernst.

Mein Geist überließ sich in ihrer Nähe nach und nach einer wohligen Dumpfheit; ich fand sie verändert. Jetzt nämlich, da ich sicher war, sie nicht mehr zu lieben, begann ich, sie wirklich zu lieben. Ich fühlte mich unfähig zu all den Berechnungen, den Listen, zu allem, wovon ich bis dahin und auch damals noch glaubte, daß es bei der Liebe unentbehrlich sei. Ich fühlte mich mit einem Male als ein besserer Mensch. Diese jähe Verwandlung hätte jedem anderen die

Augen geöffnet: Ich aber merkte nicht, daß ich in Marthe verliebt war. Im Gegenteil, ich hielt dies für den Beweis, daß meine Liebe gestorben und eine schöne Freundschaft an ihre Stelle getreten war. Diese Aussicht auf eine lange Zukunft der Freundschaft bewirkte, daß ich mir plötzlich eingestand, wie verbrecherisch jedes andere Gefühl gewesen wäre, da es einen Mann geschädigt hätte, der sie liebte, dem sie zu Recht gehörte, und der sie nicht besuchen konnte.

Dennoch hätte etwas anderes mich über meine wahren Gefühle aufklären sollen. Als ich Marthe vor einigen Monaten traf, hinderte mich meine angebliche Liebe nicht, sie zu verurteilen und das meiste, was sie schön fand, häßlich, das meiste, was sie sagte, albern zu finden. Wenn ich heute anderer Meinung war als sie, so gab ich mir unrecht. Nach der Grobheit meiner ersten Begierden entsprang meine Täuschung der Innigkeit eines tieferen Gefühls. Ich fühlte mich außerstande, etwas von dem zu unternehmen, was ich mir vorgenommen hatte. Ich begann Marthe zu achten, weil ich sie zu lieben begann.

Ich ging nun alle Abende zu ihr; ich kam gar nicht auf den Gedanken, sie zu bitten, mir ihr Schlafzimmer zu zeigen, und noch weniger, sie zu fragen, wie Jacques unsere Möbel gefielen. Ich hatte keinen anderen Wunsch, als daß dieser Brautstand zwischen uns beiden ewig fortdauern möchte, während unsere Körper vor dem Kamin im Liegen einander berührten und ich meine Regungslosigkeit nicht zu unterbrechen wagte, aus Furcht, eine einzige Bewegung möchte genügen, das Glück zu verscheuchen.

Marthe jedoch, die das gleiche Wohlbehagen empfand, glaubte, es allein zu empfinden. Meine glückselige Trägheit legte sie als Gleichgültigkeit aus. Da sie glaubte, ich liebte sie nicht, dachte sie, ich würde diesen stillen Raum bald wieder leid werden, wenn sie nichts unternähme, um mich an sich zu fesseln.

Wir schwiegen. Und dieses Schweigen war mir ein Beweis des Glückes.

Ich fühlte mich Marthe so nahe und war so überzeugt, daß wir beide zur gleichen Zeit die gleichen Dinge dachten, daß es mir töricht erschienen wäre, mit ihr zu sprechen, wie das laute Reden, wenn man allein ist. Dieses Schweigen bedrückte die Arme. Und es wäre weise gewesen, wenn ich mich solcher grober Verständigungsmittel, wie es Wort und Gebärde nun einmal sind, dennoch bedient hätte, ob auch mit einem gewissen Bedauern, daß es keine zarteren gäbe.

Als Marthe mich so von Tag zu Tag immer tiefer in dieser köstlichen Stummheit versinken sah, bestärkte sie dies mehr und mehr in ihrer Ansicht, ich langweilte mich bei ihr. Sie fühlte sich zu allem entschlossen, um mich zu zerstreuen.

Sie liebte es, mit aufgelöstem Haar vor dem Feuer zu schlafen. Oder vielmehr, ich glaubte, sie schliefe. Dieser Schlaf diente ihr als Vorwand, ihre Arme um meinen Hals zu legen, und mir, wenn sie erwachte, mit nassen Augen zu sagen, was für einen traurigen Traum sie geträumt habe. Ich machte mir ihren vorgetäuschten Schlaf zunutze, um den Duft ihrer Haare, ihres Nackens, ihrer glühenden Wangen einzuatmen und mit den Lippen darüber hinzustreicheln, behutsam, damit sie nicht erwachte; lauter Liebkosungen, die nicht, wie man gerne meint, nur das Kleingeld der Liebe sind, sondern im Gegenteil ihre kostbarsten Münzen, und die auch nur der Leidenschaft zu Gebote stehen. Ich glaubte sie meiner Freundschaft gestattet. Dennoch brachte es mich langsam zur Verzweiflung, daß nur die Liebe uns zu Ansprüchen auf eine Frau berechtigt. Auf die Liebe könnte ich allenfalls verzichten, dachte ich, niemals aber darauf, einen Anspruch auf Marthe zu haben. Und um mir diesen zu erwerben, war ich sogar zur Liebe entschlossen, obwohl ich diese Nötigung zu bedauern glaubte. Ich begehrte Marthe und begriff es selber nicht.

Wenn sie so schlief, den Kopf auf einen meiner Arme gelehnt, neigte ich mich über sie, um ihr Gesicht unter den lodernden Flammen zu betrachten. Das hieß mit dem Feuer spielen. Eines Tages, als ich ihr allzu nahe kam, ohne daß mein Gesicht jedoch das ihre berührte, ging es mir wie der Nadel, die den Bannkreis um einen Millimeter überschreitet, und schon hat der Magnet sie ergriffen. Wen trifft hierbei die Schuld, die Nadel oder den Magneten? Und so geschah es, daß ich meine Lippen auf den ihren fühlte. Sie hielt die Augen noch geschlossen, aber sichtlich wie jemand, der nicht mehr schläft. Ich küßte sie, ganz verdutzt über meine Kühnheit, während es doch in Wahrheit sie gewesen war, die, als ich ihrem Gesicht zu nahe kam, meinen Kopf auf ihren Mund herabgezogen hatte. Ihre beiden Hände umklammerten meinen Hals; in höchster Seenot hätten sie sich nicht verzweifelter an-

klammern können. Und ich wußte nicht, wollte sie, daß ich sie retten oder mit ihr ertrinken sollte.
Nun hatte sie sich aufgesetzt; sie hielt meinen Kopf in ihrem Schoß, streichelte mir übers Haar und wiederholte nur immer mit sehr sanfter Stimme: »Du mußt fortgehn, du darfst niemals wiederkommen.« Ich wagte es nicht, sie zu duzen; als ich nicht mehr länger schweigen konnte, suchte ich meine Worte langsam zusammen und baute meine Sätze so, daß ich sie nicht geradezu anreden mußte – denn wenn ich sie schon nicht duzen konnte, so fühlte ich doch, wie ganz unmöglich es war, weiter Sie zu ihr zu sagen. Meine Tränen brannten. Wenn eine auf Marthes Hände fiel, erwartete ich jedesmal, sie laut aufschreien zu hören. Ich klagte mich an, daß ich den Zauber zerstört hätte: Es war Wahnsinn gewesen, meine Lippen auf die ihren zu heften – wobei ich ganz vergaß, daß sie es war, die mich geküßt hatte. »Du mußt fortgehn, du darfst niemals wiederkommen.« Ich vergoß Tränen der Wut, die sich mit meinen Schmerzenstränen vermischten. So peinigt den gefangenen Wolf das eigene Wüten ebensosehr wie die Falle. Wenn ich den Mund aufgetan hätte, ich hätte Marthe beschimpft. Mein Schweigen beunruhigte sie; es erschien ihr als ein Zeichen der Ergebung. ›Da es nun einmal zu spät ist‹ – glaubte ich in ihren Gedanken zu lesen, und diese Verdächtigung war vielleicht nicht einmal irrig – ›so soll er wenigstens auch leiden.‹ Trotz des starken Feuers schauderte ich am ganzen Leibe, ich klapperte mit den Zähnen. Der echte Schmerz, der mich von meiner Kindheit ablöste, war noch von kindischen Gefühlen begleitet. Ich

war wie ein Zuschauer, der das Theater nicht verlassen will, weil der Ausgang des Stückes ihm mißfällt. Ich sagte zu ihr: »Nein, ich gehe nicht fort. Sie haben mich zum Narren gehalten. Ich will Sie nicht mehr sehen.«
Denn wenn ich auch nicht heimkehren wollte, so wollte ich doch auch Marthe nicht wiedersehen. Eher hätte ich sie aus ihrer eigenen Wohnung hinausgejagt.
Sie aber schluchzte: »Du bist ein rechtes Kind. Begreifst du denn nicht, daß ich dich nur darum bitte, fortzugehen, weil ich dich liebe?«
Voller Gehässigkeit entgegnete ich, ich begriffe sehr wohl, daß sie ihre Pflichten habe und daß ihr Mann im Felde sei.
Sie schüttelte den Kopf. »Ehe ich dich traf, war ich glücklich, ich glaubte meinen Verlobten zu lieben. Ich verzieh ihm, daß er kein Verständnis für mich hatte. Du erst hast mir gezeigt, daß ich ihn nicht liebte. Meine Pflicht ist eine andere als du denkst. Es ist nicht die Pflicht, meinen Mann nicht zu belügen, sondern dich nicht zu belügen. Geh jetzt, und denke nicht schlecht von mir; du wirst mich bald vergessen haben. Aber ich will dein Leben nicht unglücklich machen. Ich weine, weil ich zu alt bin für dich!«

Nur die Liebe findet solche Worte, die so töricht sind und so erhaben in ihrer Torheit. Und was ich auch in Zukunft an Leidenschaften empfinden mag, keine wird mir einen ähnlichen Augenblick der Entzückung bereiten wie diesen, da eine Neunzehnjährige vor meinen Augen in Tränen ausbrach, weil sie sich für zu alt hielt.

Der Geschmack des ersten Kusses hatte mich enttäuscht wie eine Frucht, die man zum erstenmal kostet. Nicht in der Neuheit, in der Gewohnheit finden wir unsere größte Lust. Einige Augenblicke später hatte ich mich nicht nur an Marthes Mund gewöhnt, ich hätte ihn auch schon nicht mehr entbehren können. Und da sprach sie davon, mich seiner für immer zu berauben.

Diesen Abend begleitete Marthe mich bis zu unserem Hause zurück. Um mich noch näher bei ihr zu fühlen, duckte ich mich unter ihren Umhang und hielt ihre Hüfte umfaßt. Sie sagte nicht mehr, daß wir uns niemals wiedersehen dürften; im Gegenteil, sie war traurig, daß wir uns gleich trennen sollten. Ich mußte ihr tausend närrische Eide schwören.

Vor dem Hause meiner Eltern angelangt, wollte ich Marthe nicht allein fortgehen lassen, und ich begleitete sie zu ihrer Wohnung. Diese Kindereien hätten kein Ende genommen, denn nun wollte sie mich wieder zurückbegleiten. Ich willigte ein, doch unter der Bedingung, daß wir uns auf halbem Wege trennten.

Als ich zu Hause ankam, saß die Familie bereits seit einer halben Stunde beim Abendessen. Es war das erstemal, daß ich mich derart verspätete. Ich gab vor, der Zug sei schuld daran. Mein Vater tat, als glaubte er mir.

Alle Schwere war von mir abgefallen. Auf der Straße ging ich ebenso leicht wie in meinen Träumen.

Bisher hatte ich immer auf alles verzichten müssen,

wonach mich als Kind gelüstete. Und die Freude an dem Spielzeug, das ich geschenkt bekam, war mir verdorben, weil der Geber einen Dank dafür erwartete. Wie wunderbar wäre dem Kind ein Spielzeug erschienen, das sich selber verschenkt! Ich war trunken vor Leidenschaft. Marthe war mein; nicht ich, sie selber hatte es ausgesprochen. Ich durfte ihr Gesicht berühren, ihre Augen küssen, ihre Arme, sie aufputzen und herrichten, wie es mir gefiel. In meinem Taumel biß ich sie, dort wo ihre Haut nackt war, damit ihre Mutter vermuten sollte, sie habe einen Geliebten. Ich wollte, ich hätte die Anfangsbuchstaben meines Namens dort eingraben können. Meine knabenhafte Wildheit entdeckte wieder den ursprünglichen Sinn der Tätowierung. Marthe sagte: »Ja, beiße mich, zeichne mich mit deinen Zähnen; alle sollen es wissen.«

Ich hätte ihre Brüste küssen wollen. Ich wagte nicht, sie darum zu bitten, weil ich dachte, sie würde sie mir selber darbieten wie ihre Lippen. Nach einigen Tagen war ich ihre Lippen gewohnt und verlangte nach keiner weiteren Lust.

Wir lasen zusammen beim Schein des Feuers. Oft warf sie die Briefe hinein, die Jacques ihr täglich von der Front schrieb. Aus seinen besorgten Zeilen merkte man, daß Marthes Briefe immer seltener und von Mal zu Mal weniger zärtlich wurden. Es war mir nicht ganz geheuer, diese Briefe verbrennen zu sehen. Sie steigerten einen Augenblick lang die Helle des Feuers, und im Grunde scheute ich mich, klarer zu sehen.

Marthe, die mich nun öfters fragte, ob es auch wahr sei, daß ich sie von unserer ersten Begegnung an geliebt hätte, machte mir Vorwürfe, es ihr nicht vor ihrer Hochzeit gesagt zu haben. Sie hätte sich nicht vermählt, behauptete sie; denn wenn sie für Jacques bei ihrer Verlobung auch so etwas wie Liebe empfunden habe, so hätte die lange Wartezeit, an welcher der Krieg schuld war, diese Liebe nach und nach in ihrem Herzen erkalten lassen. Sie liebte Jacques schon nicht mehr, als sie ihn heiratete. Sie hoffte, die vierzehn Tage Urlaub, die er erhalten hatte, würden ihre Gefühle vielleicht zu seinen Gunsten verändern.
Er stellte sich recht ungeschickt an. Der Liebende wirkt immer aufreizend auf den, der nicht liebt. Und Jacques' Liebe wuchs von Tag zu Tag. Seine Briefe

waren die eines Mannes, der leidet, der aber von seiner Marthe zu hoch denkt, um sie des Verrates für fähig zu halten. Deshalb klagte er nur sich selbst an und beschwor sie, ihm doch zu sagen, was er ihr nur angetan habe. »Ich komme mir so ungeschlacht neben dir vor, ich fühle, daß jedes meiner Worte dich verletzt.« Marthe antwortete nur, er täusche sich, sie habe ihm nichts vorzuwerfen.

Wir standen damals am Anfang des März. Es war ein zeitiges Frühjahr. An den Tagen, da sie mich nicht nach Paris begleitete, lag Marthe, nur mit einem Morgenrock bekleidet, vor dem Kamin und wartete auf meine Rückkehr aus dem Zeichenkurs. In dem Kamin brannte immer noch das Olivenholz der Schwiegereltern, die sie gebeten hatte, ihren Vorrat zu erneuern. Ich weiß nicht, welche Schüchternheit mich zurückhielt, wenn es nicht jene war, die man angesichts des noch nie Getanen empfindet. Ich mußte an Daphnis denken. Hier war es Chloe, die schon einige Lehren empfangen hatte, und Daphnis wagte nicht, sie zu bitten, ihn gleichfalls zu unterweisen. Betrachtete ich Marthe doch eigentlich als eine Jungfrau, die während der ersten vierzehn Tage ihrer Ehe einem Unbekannten ausgeliefert und von ihm mehrmals mit Gewalt genommen worden war.

Abends, allein in meinem Bett, rief ich Marthes Namen, und ich zürnte mir, der ich mich für einen Mann hielt, daß ich es nicht genug war, um sie zu meiner Geliebten zu machen. Und jedesmal, wenn ich zu ihr ging, schwor ich mir, sie heute nicht zu verlassen, ohne daß sie es geworden wäre.

Als ich im März 1918 sechzehn Jahre alt wurde, schenkte Marthe mir, mit der Bitte, es ihr nicht zu verübeln, einen Morgenrock, der dem ihren ähnlich war und den ich anziehen sollte, wenn ich bei ihr wäre. Meine Freude war groß, denn mir schien, was meinem Verlangen bisher im Wege gestanden hatte, sei die Furcht vor der Lächerlichkeit gewesen, selber angezogen zu sein, während sie es nicht war. Zuerst wollte ich dieses Gewand noch am gleichen Tag anlegen. Dann errötete ich, denn ich begriff, was ihr Geschenk an Vorwürfen enthielt.

Schon im Beginn unserer Liebe hatte Marthe mir einen Schlüssel zu ihrer Wohnung gegeben, damit ich nicht im Garten zu warten brauchte, wenn sie zufällig einmal in der Stadt war. Ich konnte mich dieses Schlüssels auch aus einem weniger unschuldigen Anlaß bedienen. Es war an einem Samstag. Ich verließ Marthe mit dem Versprechen, morgen zum Mittagessen zu ihr zu kommen. Aber mein Entschluß war schon gefaßt, noch am gleichen Abend so bald wie möglich zurückzukehren.

Beim Abendessen teilte ich meinen Eltern mit, daß ich mich für den nächsten Tag mit René zu einer längeren Wanderung durch den Wald von Sénart verabredet hätte. Ich würde deshalb schon um fünf Uhr in der Frühe aufbrechen müssen. Da das ganze Haus um diese Zeit noch in tiefem Schlaf lag, würde niemand erraten, um welche Stunde ich aufbrach und ob ich die Nacht außer dem Hause verbrachte.

Kaum hatte ich meiner Mutter diesen Plan mitgeteilt, als sie selber sich erbot, uns einen Korb mit Wegzehrung vorzubereiten. Ich war entsetzt: Dieser Korb zerstörte die ganze Romantik und Erhabenheit meines Unternehmens. Hatte ich schon im voraus Marthes Schrecken ausgekostet, wenn ich plötzlich in ihrem

Zimmer stünde, so stellte ich mir nun ihr schallendes Gelächter vor, wenn sie ihren Märchenprinzen mit einem Einkaufskorb am Arm erscheinen sähe. Ich mochte meiner Mutter noch so oft versichern, René sei schon mit allem versehen, sie ließ sich nicht abbringen. Noch weiterer Widerstand hätte schließlich ihren Argwohn wecken müssen.
Des einen Leid, des andern Freud. Während meine Mutter diesen Korb füllte, der mir alle Vorfreude auf meine erste Liebesnacht verdarb, bemerkte ich, daß meine Brüder ihn mit lüsternen Blicken betrachteten. Ich hätte ihnen seinen Inhalt gerne heimlich zugesteckt, aber ich wußte, wenn alles verzehrt war, würden sie, selbst auf die Gefahr hin, eine Tracht Prügel zu beziehen, und aus bloßer Lust daran, mich hereinzulegen, den Eltern alles erzählen. Und da mir kein Versteck sicher genug schien, mußte ich mich also mit dieser Last abfinden.
Ich hatte mir fest vorgenommen, nicht vor Mitternacht aufzubrechen, um ganz sicher zu sein, daß meine Eltern schliefen. Ich versuchte zu lesen. Als es aber von dem Rathaus zehn schlug und meine Eltern auch schon seit geraumer Zeit zu Bett gegangen waren, hielt ich es nicht mehr länger aus. Sie schliefen im ersten Stock, während mein Zimmer zu ebener Erde lag. Ich hatte meine Stiefel nicht angezogen, um so leise wie möglich über die Gartenmauer steigen zu können. Die Stiefel in einer Hand, in der anderen den – der Flaschen wegen – zerbrechlichen Korb, öffnete ich behutsam einen kleinen Nebenausgang. Es regnete. Desto besser! Der Regen würde jedes Ge-

räusch übertönen. Da sah ich, daß in dem elterlichen Schlafzimmer noch Licht brannte, und beinahe wäre ich wieder umgekehrt. Aber nun war ich einmal unterwegs. Meine Absicht, die Stiefel aus Vorsicht in der Hand zu tragen, war schon vereitelt, des Regens wegen mußte ich sie anziehen. Dann mußte ich die Mauer übersteigen, um die Glocke am Gartentor nicht in Bewegung zu setzen. Ich näherte mich der Mauer, gegen die ich schon nach dem Abendessen vorsorglich einen Gartenstuhl gestellt hatte, um meine Flucht zu erleichtern. Diese Mauer war auf ihrem First mit Ziegeln gedeckt. Der Regen machte sie glitschig. Als ich mich hochstemmte, löste sich ein Ziegel und fiel hinunter. In meiner Angst hörte ich das Niederpoltern verhundertfacht. Nun galt es, auf die Straße hinabzuspringen. Den Korb hatte ich zwischen die Zähne genommen; ich landete in einer Pfütze. Eine lange Minute blieb ich regungslos stehen und blickte nach dem erleuchteten Fenster meiner Eltern zurück, um zu sehen, ob sich dort etwas regte. Das Fenster blieb leer. Ich war gerettet!
Um Marthes Wohnung zu erreichen, folgte ich dem Lauf der Marne. Ich hoffte, meinen Korb unter einem Gebüsch verstecken und ihn am anderen Morgen wieder hervorholen zu können. Der Krieg machte dieses Vorhaben ziemlich gefährlich. An der einzigen Stelle, wo etwas Buschwerk wuchs und wo es möglich war, den Korb zu verstecken, stand nämlich ein Posten, der die Brücke von J... bewachte. Ich zögerte lange, bleicher als jemand, der eine Sprengladung auslegt. Es gelang mir trotzdem, meine Lebensmittel zu verstecken.

Marthes Gittertor war geschlossen. Ich nahm den Schlüssel, der immer im Briefkasten lag. Auf Zehenspitzen schlich ich durch den kleinen Garten und stieg die Vortreppe hinauf. Drinnen zog ich noch die Stiefel aus, ehe ich die Stufen zum ersten Stock betrat.
Marthe war so schreckhaft! Vielleicht würde sie in Ohnmacht fallen, wenn ich plötzlich in ihrem Zimmer stünde. Ich zitterte; ich fand nicht gleich das Schlüsselloch. Endlich drehte ich den Schlüssel langsam um, damit nur ja niemand aufwachte. Im Vorraum stieß ich gegen den Schirmständer. Ich fürchtete, irgendwelche Klingeln mit den Lichtschaltern zu verwechseln. Ich tastete mich bis zu ihrem Zimmer vor und blieb stehen, voller Unruhe, ob ich nicht doch noch umkehren sollte. Vielleicht würde Marthe mir dies nie vergeben. Oder aber, wenn ich nun mit einem Male erfahren müßte, daß sie mich betrügt, und sie in den Armen eines Mannes fände!
Ich öffnete die Tür. Ich flüsterte: »Marthe?«
Sie antwortete: »Statt mir solche Angst einzujagen, hättest du auch erst morgen früh kommen können. Hast du eine Woche früher Urlaub bekommen?«
Sie dachte, es sei Jacques.
Nun sah ich zwar, wie sie ihn empfangen hätte, zugleich aber erfuhr ich, daß sie schon etwas vor mir verheimlichte. Jacques sollte also in einer Woche kommen!
Ich machte Licht. Sie blieb gegen die Wand gekehrt liegen. Es wäre sehr einfach gewesen, zu sagen: »Ich bin es«, und doch sagte ich es nicht. Ich küßte sie in den Nacken.

»Dein Gesicht ist ganz naß. Trockne dich doch erst ab.«

Damit wandte sie sich um und stieß einen Schrei aus.

Von einer Sekunde zur andern schlug ihre Haltung um, und ohne nach einer Erklärung für meine Anwesenheit mitten in der Nacht zu suchen, rief sie: »Aber, mein armer Schatz, du wirst dir eine Erkältung holen. Rasch, zieh dich aus.«

Sie lief, das Feuer im Wohnzimmer wieder anzuschüren. Als sie zurückkam und mich immer noch regungslos stehen sah, sagte sie: »Soll ich dir helfen?«

Ich hatte vor allem den Augenblick gefürchtet, wo ich mich ausziehen müßte, weil er mir lächerlich vorkam. Nun segnete ich den Regen, dank dessen dieses Ausziehen eine mütterliche Bedeutung gewann. Inzwischen ging Marthe hinaus, kam wieder zurück, ging abermals hinaus in die Küche, um zu sehen, ob das Wasser für meinen Grog heiß wäre. Endlich fand sie mich nackt auf dem Bett, halb unter das Federbett verkrochen. Sie schalt mich aus: Ich dürfe auf keinen Fall so unbedeckt bleiben; auch sollte ich mich ordentlich mit Kölnisch Wasser abreiben.

Dann öffnete Marthe einen Schrank und warf mir einen Schlafanzug zu. »Er wird deine Größe haben.« Einer von Jacques' Schlafanzügen. Und ich dachte, wie leicht dieser Soldat plötzlich auf der Schwelle stehen könnte – da Marthe es ja auch geglaubt hatte.

Ich lag im Bett. Marthe schlüpfte zu mir. Ich bat sie, das Licht zu löschen. Denn selbst in ihren Armen mißtraute ich meiner Schüchternheit. Im Finstern würde ich mutiger sein. Marthe anwortete sanft: »Nein, ich möchte dich einschlafen sehen.«

Diese anmutige Antwort brachte mich in eine gewisse Verlegenheit. Ich erkannte darin die rührende Güte dieser Frau, die alles aufs Spiel setzte, um meine Geliebte zu werden, und die, außerstande meine krankhafte Schüchternheit zu ahnen, annahm, ich könnte neben ihr einschlafen. Seit vier Monaten sagte ich ihr, daß ich sie liebe und lieferte ihr nicht jenen Beweis, mit dem die Männer so freigebig sind, und der bei ihnen oft die Liebe ersetzt. Ich löschte das Licht mit Gewalt.

Und wieder war meine Verwirrung die gleiche wie eben, ehe ich bei Marthe eintrat. Aber wie das Zaudern vor der Tür, so konnte auch dieses vor der Liebe nicht von langer Dauer sein. Zudem versprach meine Einbildung mir ein solches Übermaß der Wollust, daß es jede mögliche Vorstellung überstieg. Und zum erstenmal fürchtete ich auch, ihrem Mann zu gleichen und Marthe eine klägliche Erinnerung an unsere erste Liebesnacht zu hinterlassen.

Ihr Glück war daher größer als meines. Doch der Augenblick, in dem wir uns voneinander lösten, und ihre wunderbaren Augen wogen die Enttäuschung auf.

Ihr Antlitz war wie verklärt. Ich wunderte mich, daß ich die Aureole nicht berühren konnte, die ihr Gesicht umgab, so wie man die Heiligen darstellt.

Ich war erleichtert; doch bald kamen mir andere Befürchtungen.

Da ich endlich die Macht der Liebkosungen begriff, zu denen ich in meiner Schüchternheit bisher nicht den

Mut gefunden hatte, so zitterte ich, Marthe möchte ihrem Mann doch inniger angehören, als sie es selber wahrhaben wollte.

Weil es mir unmöglich ist, das was ich zum ersten Male genieße, auch zu begreifen, so sollte ich diese Freuden der Liebe mit jedem Tage tiefer und stärker spüren.

Vorläufig aber bescherte die falsche Lust mir einen echten Schmerz: die Eifersucht.

Ich zürnte Marthe, weil ihr strahlendes Gesicht mich die Bedeutung der fleischlichen Bande erkennen lehrte. Ich verfluchte den Mann, der vor mir ihren Leib erweckt hatte. Ich begriff, wie albern es gewesen war, in Marthe eine Jungfrau zu sehen. Das Verlangen, daß ihr Mann sterben möchte, wäre zu jeder anderen Zeit ein kindischer Wunschtraum gewesen; nun aber wurde es ebenso verbrecherisch, wie wenn ich ihn getötet hätte. Ich verdankte dem Krieg mein beginnendes Glück: So erwartete ich auch von ihm, daß er es krönen sollte. Ich hoffte, er würde meinem Haß zu Diensten sein, wie ein Unbekannter das Verbrechen statt unser begeht.

Nun weinen wir zusammen; vor allzu viel Glück. Marthe machte mir Vorwürfe, daß ich ihre Heirat nicht verhindert hätte. ›Aber läge ich dann in diesem Bett, das ich selber ausgesucht habe? Sie lebte bei ihren Eltern; wir hätten keine Gelegenheit, uns zu treffen. Sie hätte zwar niemals Jacques angehört, aber auch mir würde sie nicht gehören. Ohne ihn und ohne Vergleichsmöglichkeit, vielleicht vermißte sie immer noch etwas und erhoffte sich besseres. Ich hasse Jacques nicht. Ich hasse die Gewißheit, alles diesem Manne zu verdanken, den wir betrügen. Doch ich liebe Marthe zu sehr, um unser Glück für ein Verbrechen zu halten.‹

Wir weinen zusammen, daß wir nur zwei Kinder sind und fast ohne Mittel! Marthe entführen? Da sie niemand gehört, außer mir, hieß dies gerade, sie mir selber rauben: weil man uns unverzüglich trennen würde. Schon sehen wir das Ende des Krieges vor uns, das auch das Ende unserer Liebe sein wird. Wir wissen es: Marthe mag mir noch so sehr beteuern, daß sie alles verlassen, daß sie mir folgen werde – ich bin nicht zum Rebellen geboren, und wenn ich mich an ihre Stelle versetze, so fällt es mir schwer, mir einen solchen verhängnisvollen Bruch vorzustellen. Marthe erklärt mir, warum sie ihr Alter beklagte. In fünfzehn Jahren würde das Leben für mich erst eigentlich beginnen, andere Frauen würden mich lieben, die dann in ihrem jetzigen Alter stünden. »Ich hätte nur Leiden zu erwarten«, fügte sie hinzu. »Verläßt du mich, wird das mein Tod sein. Bleibst du, wird es aus Schwäche geschehen. Und ich würde leiden, wenn ich sehen müßte, daß du mir dein Glück opferst.«

Trotz meiner Entrüstung war ich ungehalten, daß es mir so schlecht gelang, vom Gegenteil überzeugt zu scheinen. Aber Marthe verlangte nicht mehr, und meine dürftigsten Gründe schienen ihr stichhaltig. »Ja, natürlich«, entgegnete sie, »das habe ich noch gar nicht bedacht. Und ich fühle es, daß du mich nicht belügst.« Meine Zuversicht angesichts ihrer Befürchtungen war sehr viel weniger fest. Und meine Trostworte fielen matt genug aus. Ich betrug mich wie einer, der sie nur aus Höflichkeit von ihrem Irrtum abzubringen sucht. Ich sagte zu ihr: »Aber nein, nicht doch, du machst dir törichte Gedanken.« Ach, ich wußte, daß ich nur allzu empfänglich für den Reiz der Jugend war, um nicht vorauszusehen, daß ich mich von Marthe lösen würde an dem Tag, da ihre Jugend zu welken und die meine sich zu entfalten begänne.

Obwohl ich glaubte, meine Liebe habe ihre endgültige Gestalt erreicht, befand sie sich doch erst im Zustand eines halbfertigen Entwurfs. Beim geringsten Widerstand ließ sie nach.

So kam es, daß der Aufwand unserer Gefühle in jener Nacht uns mehr erschöpfte als der unserer Zärtlichkeiten. Statt uns ein Ausruhen zu gönnen, gab er uns den Rest. Schon hörte man immer zahlreicher die Hähne krähen. Sie hatten die ganze Nacht hindurch gekräht. Ich kam hinter die poetische Lüge von dem ersten Hahnenschrei bei Sonnenaufgang. Das war nicht weiter verwunderlich. In meinem Alter kennt man keine Schlaflosigkeit. Aber auch Marthe bemerkte es, und ihr Erstaunen war so groß, daß sie es offensichtlich zum erstenmal bemerkte. Sie begriff nicht, warum ich sie mit solcher Gewalt an mich drückte, denn ihr Erstaunen bewies mir, daß sie noch keine Nacht mit Jacques zusammen durchwacht hatte.
In meiner Verzückung hielt ich unsere Liebe für einen Ausnahmefall. Wir meinen, die ersten zu sein, die ge-

wisse Dinge empfinden, weil wir nicht wissen, daß die Liebe wie die Poesie ist und daß alle Liebenden, selbst die durchschnittlichsten, des Glaubens sind, etwas Neues zu erfinden. Sagte ich zu Marthe, ohne übrigens daran zu glauben, sondern um sie glauben zu machen, daß ich ihre Befürchtungen teile: »Auch du wirst mich verlassen, andere Männer werden kommen, die dir besser gefallen«, so versicherte sie mir, daß sie ihrer gewiß wäre. Ich meinerseits redete mir nach und nach die Überzeugung ein, daß ich, auch wenn sie älter wäre, bei ihr bleiben würde; meine Trägheit würde zuletzt unser ewiges Glück von ihrer Tatkraft abhängig machen.

Der Schlaf hatte uns in unserer Nacktheit überrascht. Als ich erwachte und sie unbedeckt sah, fürchtete ich, sie möchte frieren. Ich tastete über ihren Körper. Er glühte. Sie so schlafend neben mir liegen zu sehen, verursachte mir eine Wollust ohnegleichen. Nach zehn Minuten schien mir diese Wollust nicht länger erträglich. Ich küßte Marthe auf die Schulter. Sie erwachte nicht. Ein zweiter, minder keuscher Kuß wirkte mit der Heftigkeit eines Weckers. Sie fuhr auf, rieb sich die Augen und bedeckte mich mit Küssen, wie jemanden, den man liebt und in seinem Bett wiederfindet, nachdem man soeben geträumt hat, er sei gestorben. Sie aber hatte zu träumen geglaubt, was die Wahrheit war, und fand mich beim Erwachen wieder.

Es war schon elf Uhr. Wir tranken unsere Schokolade, als wir die Glocke hörten. Ich glaubte, es sei Jacques. »Wenn er nun eine Waffe dabei hat?« Ich, der den Tod so sehr fürchtete, zitterte nicht. Im Gegenteil,

von mir aus hätte es Jacques sein können, vorausgesetzt, daß er uns tötete. Jede andere Lösung schien mir lächerlich.
Dem Tod gefaßt entgegensehen zählt nur, wenn wir ihm allein entgegensehen. Der Tod zu zweien ist kein Tod mehr, selbst nicht für die Glaubenslosen. Was uns betrübt ist ja nicht der Verlust des Lebens, sondern der Verlust dessen, was ihm seinen Sinn gibt. Wenn eine Liebe unser ganzes Leben ist, was macht es dann schon für einen Unterschied, ob wir zusammen leben oder zusammen sterben.
Ich fand keine Zeit mehr, mich für einen Helden zu halten, denn bei dem Gedanken, daß Jacques nur Marthe oder nur mich töten könnte, erkannte ich das ganze Ausmaß meines Egoismus. Wußte ich denn überhaupt, welches von beiden Dramen das schlimmere wäre?
Da Marthe sich nicht rührte, glaubte ich schon, ich hätte mich getäuscht und es habe bei den Hausbesitzern geläutet. Doch da ertönte die Glocke abermals.
»Still, kein Wort, und rühre dich nicht!« flüsterte sie, »das wird meine Mutter sein. Ich hatte völlig vergessen, daß sie nach dem Gottesdienst vorbeikommen wollte.«
Ich war glücklich, dabei sein zu dürfen, wie sie mir ein Opfer brachte. Wenn eine Geliebte, ein Freund sich bei einer Verabredung nur um wenige Minuten verspäten, so sehe ich sie im Geist bereits gestorben. Da ich ihrer Mutter die gleiche Ängstlichkeit zuschrieb, genoß ich es, sie in Sorge zu wissen, und daß ich die Ursache dieser Sorge war.

Nach einer kurzen Unterredung (Frau Grangier erkundigte sich augenscheinlich im Erdgeschoß, ob man ihre Tochter heute morgen schon gesehen habe) hörten wir das Gartentor zufallen. Marthe spähte durch die Läden und sagte: »Ich hatte recht vermutet, sie war es.« Auch ich konnte dem Vergnügen nicht widerstehen, zu sehen, wie Frau Grangier, das Meßbuch in der Hand und sehr beunruhigt über die unerklärliche Abwesenheit ihrer Tochter, wieder fortging. Sie drehte sich noch einmal um und blickte zu den geschlossenen Läden empor.

Nun, wo alle meine Wünsche in Erfüllung gegangen waren, fühlte ich, wie ich ungerecht wurde. Ich fand es empörend, daß Marthe ihre Mutter so bedenkenlos belügen konnte, und in meiner Böswilligkeit machte ich ihr diese Fähigkeit zur Lüge zum Vorwurf. Ich bedachte nicht, daß die Liebe, die ein Egoismus zu zweien ist, alles sich selber zum Opfer bringt und von Lügen lebt. Der gleiche Dämon trieb mich, ihr vorzuwerfen, daß sie mir die bevorstehende Ankunft ihres Mannes verheimlicht hatte. Bisher hatte ich meine Herrschsucht noch im Zaum gehalten, da ich kein Recht zu haben glaubte, Marthe zu tyrannisieren. Dann wieder legte sich meine Härte. Ich ächzte: »Bald werde ich dir ein Greuel sein. Ich bin wie dein Mann, ebenso brutal.« »Er ist gar nicht brutal«, sagte sie. Ich fing von neuem an: »So betrügst du uns alle beide, sag nur, daß du ihn liebst, sei froh, in acht Tagen kannst du mich mit ihm betrügen.«

Sie biß sich die Lippen, weinte: »Was hab' ich nur getan, daß du so häßlich zu mir bist? Ich bitte dich, verdirb uns nicht unsern ersten glücklichen Tag.«

»So groß kann deine Liebe zu mir auch nicht sein, wenn das heute dein erster glücklicher Tag ist.«

Diese Art von Hieben verwunden den, der sie austeilt. Keines meiner Worte entsprach meiner wahren Meinung, und doch trieb es mich unwiderstehlich, sie auszustoßen. Es war mir unmöglich, Marthe zu erklären, daß meine Liebe noch wuchs. Gewiß war sie gerade in die Flegeljahre gekommen, und dieser unbarmherzige Hohn war die Mauser der Liebe, die jetzt erst zur Leidenschaft wurde. Ich litt. Ich bat Marthe, mir meine Kränkungen nicht nachzutragen.

Das Hausmädchen schob ein paar Briefe durch den Türspalt. Marthe nahm sie auf. Es waren zwei von Jacques dabei. Zur Antwort auf meine Verdächtigungen: »Hier«, sagte sie, »mach damit, was du willst.« Ich schämte mich. Ich bat sie, die Briefe zu lesen, doch ihren Inhalt für sich zu behalten. In einem jener Anfälle von Trotz, die uns zu den größten Torheiten treiben, zerriß Marthe einen der Umschläge. Da er schwer durchzureißen war, mußte ein ziemlich langer Brief darin sein. Diese Geste war ein Anlaß zu neuen Vorwürfen. Ihr Auftrumpfen war mir zuwider, und ich haßte schon die Reue, die sie unfehlbar darüber empfinden würde. Ich beherrschte mich jedoch, und da ich nicht wollte, daß sie auch den zweiten Brief zerriß, behielt ich es für mich, daß ich nach dieser Szene von ihrer Schlechtigkeit überzeugt sein mußte. Auf meine Bitte hin las sie ihn. Eine unbewußte Regung mochte sie getrieben haben, den ersten Brief zu zerreißen; aber sie mußte wissen, was sie tat, als sie, nachdem sie den zweiten überflogen, ausrief: »Das ist der Lohn des Himmels, daß wir den zweiten Brief nicht zerrissen haben. Jacques schreibt, daß der Urlaub in seinem Frontabschnitt für einige Zeit gesperrt worden sei; er kann erst in einem Monat kommen.«

Nur die Liebe entschuldigt solche Geschmacklosigkeiten.

Dieser Gatte fing an, mir lästig zu fallen, mehr noch als wenn er da gewesen wäre und man vor ihm auf der Hut hätte sein müssen. Ein Brief von ihm wurde unversehens so aufdringlich wie ein Gespenst. Wir aßen spät zu Mittag. Gegen fünf Uhr brachen wir zu einem Spaziergang am Flußufer auf. Marthe war höchst verdutzt, als ich, unter den Augen des Wachtpostens, aus einem Pflanzendickicht meinen Korb hervorholte. Ich erzählte ihr, welche Bewandtnis es damit hatte, und die Geschichte belustigte sie sehr. Ich brauchte ja nicht mehr zu fürchten, daß er mich lächerlich machte. Ohne daß uns das Unschickliche unseres Betragens zu Bewußtsein kam, gingen wir mit verschlungenen Händen und eng aneinander geschmiegt. Dieser erste warme Sonntag hatte zahlreiche Spaziergänger im Strohhut hervorgelockt, wie der Regen die Pilze. Die Leute, die Marthe kannten, wagten nicht, sie zu grüßen; sie aber, die nichts gewahr wurde, wünschte ihnen unbefangen »Guten Tag«. Es mußte ihnen als eine Art Herausforderung erscheinen. Sie drang in mich, ihr zu berichten, wie ich von zu Hause entflohen war. Sie lachte, dann glitt ein Schatten über ihre Züge; und dann preßte sie meine Finger aus allen Kräften zwischen den ihren und dankte mir, daß ich mich ihretwegen all diesen Gefahren ausgesetzt hatte. Wir gingen noch einmal an ihrem Haus vorbei, um den Korb dort abzustellen. Ich ahnte schon, wo sein Inhalt in Gestalt einer Feldpostsendung hinwandern würde, und das schien mir ein Abschluß, der dieser Abenteuer würdig war. Aber er war so anstößig, daß ich diese Ahnung für mich behielt.

Marthe wollte die Marne bis La Varenne entlangwandern. Wir würden der »Liebesinsel« gegenüber zu Nacht essen. Ich versprach ihr, sie in das »Museum zum Wappen Frankreichs« zu führen, das erste Museum, das ich, noch als Kind, besucht hatte, und das mir damals ganz herrlich vorgekommen war. Ich schilderte es Marthe als etwas sehr Interessantes. Als wir uns aber überzeugen mußten, daß dieses Museum bloß ein Scherz war, wollte ich nicht zugeben, darauf hereingefallen zu sein. Fulberts Schere! alles! ich hatte alles für bare Münze genommen! So stellte ich mich, als hätte ich ihr einen harmlosen Streich spielen wollen. Marthe begriff nichts, denn solche Späße lagen sonst nicht in meiner Art. Im Grunde aber hatte diese Enttäuschung mich verstimmt. Ich dachte: Auch Marthes Liebe, an die ich heute so felsenfest glaube, wird mir eines Tages vielleicht als Bauernfängerei erscheinen, wie das »Museum zum Wappen Frankreichs«!

Denn es kamen mir doch häufig Zweifel an ihrer Liebe. Manchmal fragte ich mich, ob ich nicht ein bloßer Zeitvertreib für sie wäre, eine vorübergehende Laune, die sie von heute auf morgen wieder aufgeben könnte, wenn der Friede sie zu ihren Pflichten zurückrief. Dennoch, sagte ich mir, es gibt doch Augenblicke, in denen ein Mund, ein Paar Augen nicht lügen können. Gewiß. Aber wenn sie einmal einen rechten Rausch haben, geraten die größten Knauser in Zorn, wenn man sich sträubt, ihre Uhr, ihre Brieftasche, die sie

einem aufdrängen, anzunehmen. In dieser Verfassung sind sie ebenso aufrichtig wie im normalen Zustand. Die Augenblicke, in denen man unmöglich lügen kann, sind eben jene, in denen man am meisten lügt und vor allem sich selbst belügt. Einer Frau glauben ›in dem Augenblick, in dem sie unmöglich lügen kann‹, heißt der falschen Gebefreudigkeit eines Geizkragens glauben.
Meine Hellsichtigkeit war nur eine gefährlichere Form meiner Naivität. Ich hielt mich für weniger naiv, ich war es nur in einer anderen Gestalt, denn jedes Alter ist auf seine Weise naiv. Die Naivität des Greisenalters ist nicht die schwächste. Diese vermeintliche Hellsichtigkeit verdunkelte mir alles und ließ mich an Marthe zweifeln. Vielmehr, ich zweifelte an mir selbst, da ich mich ihrer nicht würdig fand. Und hätte ich noch tausendmal mehr Beweise ihrer Liebe gehabt, ich wäre darum nicht weniger unglücklich gewesen.
Nur allzu gut kannte ich den Schatz jener Empfindungen, die man den geliebten Menschen niemals zu gestehen wagt, aus Furcht, für kindisch gehalten zu werden, um nicht bei Marthe die gleiche Schamhaftigkeit zu vermuten, und ich litt darunter, ihre geheimsten Gedanken nicht erraten zu können.

Um halb zehn Uhr abends war ich wieder zu Hause. Meine Eltern wollten wissen, wie unsere Wanderung verlaufen war. Voller Begeisterung beschrieb ich ihnen den Wald von Sénart und seine über mannshohen Farne. Ich erzählte auch von Brunoy, einem reizenden Dörfchen, wo wir zu Mittag gegessen hätten.

Plötzlich unterbrach mich meine Mutter mit spöttischer Stimme:
»René war übrigens heute nachmittag hier; er war sehr erstaunt, als er erfuhr, daß er mit dir auf einer Wanderung war.«
Ich wurde rot vor Ärger. Dieses Abenteuer und manches andere lehrten mich, daß ich, trotz einer gewissen Veranlagung, keine Begabung zur Lüge habe. Man erwischt mich immer. Meine Eltern fügten nichts hinzu. Sie begnügten sich mit diesem bescheidenen Triumph.

Mein Vater leistete übrigens meiner ersten Liebe unbewußt Vorschub. Ja, er begünstigte sie fast, so entzückt war er, daß meine Frühreife sich auf die eine oder andere Weise bestätigte. Er hatte auch immer befürchtet, ich könnte einem üblen Frauenzimmer in die Hände geraten. Und es bereitete ihm daher eine gewisse Genugtuung, zu wissen, daß mich ein rechtschaffenes Mädchen liebte. Er sollte sich erst an dem Tage ereifern, der ihm den Beweis lieferte, daß Marthe sich meinetwegen scheiden lassen wollte.
Meine Mutter hingegen sah unsere Verbindung mit weniger wohlwollenden Blicken. Sie war eifersüchtig. Sie betrachtete Marthe mit den Augen einer Nebenbuhlerin. Sie fand Marthe unsympathisch, ohne zu merken, daß ihr jede Frau, der ich meine Liebe zuwandte, mißfallen hätte. Außerdem gab sie mehr als mein Vater auf die Meinung der Leute. Es wunderte sie, daß Marthe sich mit einem jungen Burschen meines Alters kompromittieren konnte. Zudem war sie in F... aufgewachsen. In all diesen kleinen Pariser Vororten, sobald sie über die Arbeitervorstadt hinausliegen, wüten die gleichen Leidenschaften, die gleiche Klatschsucht wie in der Provinz. Hinzu kommt jedoch, daß die Nähe von Paris diesen Klatsch und die

Vermutungen noch gewitzter macht. Jeder muß dort seinen Rang wahren. Und so erlebte ich, wie meine Kameraden sich auf Anweisung ihrer Eltern nach und nach von mir zurückzogen: weil ich eine Geliebte hatte, deren Mann im Felde stand. Sie verschwanden einer um den anderen: vom Sohn des Notars bis zum Sohn unseres Gärtners. Meine Mutter litt unter diesen Maßnahmen, die mir als eine Huldigung erschienen. Sie glaubte mich durch eine Närrin zugrunde gerichtet. Gewiß verdachte sie es meinem Vater, mir ihre Bekanntschaft vermittelt zu haben und nun durch die Finger zu sehen. Da es aber ihrer Ansicht nach seine Sache war, hier einzugreifen, und da er nichts sagte, so schwieg sie auch.

Ich verbrachte nun alle meine Nächte bei Marthe. Ich traf um halb elf bei ihr ein und brach erst morgens gegen fünf oder sechs Uhr wieder auf. Ich sprang nicht mehr über die Gartenmauer. Ich begnügte mich, das Tor mit meinem Schlüssel zu öffnen; aber diese Kühnheit erforderte eine gewisse Behutsamkeit: Damit die Glocke niemanden weckte, umwickelte ich ihren Klöppel allabendlich mit Watte, die ich morgens bei meiner Rückkehr wieder entfernte.
Zu Hause ahnte niemand etwas von meiner regelmäßigen Abwesenheit. Anders lagen die Dinge in J... Seit einiger Zeit schon begegneten die Hausbesitzer und das alte Ehepaar mir mit mißbilligenden Blicken und erwiderten kaum noch meinen Gruß.
Um in der Frühe, um fünf Uhr, möglichst wenig Lärm zu machen, schlich ich auf Socken die Treppe hinab, die Schuhe in der Hand, die ich erst unten anzog. Eines Morgens begegnete mir der Milchjunge auf der Treppe. Er trug seine Milchkannen in der Hand; und ich trug meine Schuhe. Mit einem teuflischen Grinsen wünschte er mir guten Morgen. Marthe war verloren. Er würde dies in ganz J... erzählen. Was mich dabei am meisten quälte, war meine Lächerlichkeit. Ich hätte das Stillschweigen des Milchjungen erkaufen können, doch

ich unternahm nichts, da ich nicht wußte, wie man so etwas anstellt.

Nachmittags wagte ich nicht, Marthe etwas davon zu sagen. Es hätte auch nicht erst dieses Zwischenfalls bedurft, um sie zu kompromittieren. Das war bereits seit langem geschehen. Sie galt sogar schon als meine Geliebte, ehe sie es wirklich war. Wir selber hatten nichts bemerkt. Bald sollten wir klarsehen. So fand ich denn Marthe eines Tages völlig zusammengebrochen. Der Hausherr war bei ihr gewesen und hatte ihr mitgeteilt, daß er mich seit vier Tagen allmorgendlich das Haus verlassen sehe. Er habe sich anfangs geweigert, so was für möglich zu halten, aber nun sei jeder Zweifel behoben. Das alte Ehepaar, das unter Marthes Zimmer wohnte, beklage sich auch über den Lärm, den wir bei Nacht und bei Tage vollführten. Marthe war gänzlich zerschmettert, wollte davon. Es kam gar nicht in Frage, unsere Liebesnächte in Zukunft etwas behutsamer einzurichten. Wir fühlten uns außerstande dazu: so sehr waren sie uns zur Gewohnheit geworden. Und Marthe begann nun manches zu begreifen, was ihr bis dahin merkwürdig vorgekommen war. Die einzige Freundin, die sie wirklich gern hatte, eine junge Schwedin, gab auf ihre Briefe keine Antwort mehr. Ich erfuhr, daß ein Bekannter dieses jungen Mädchens, der uns eines Tages eng umschlungen in der Eisenbahn gesehen hatte, ihr geraten hatte, den Verkehr mit Marthe abzubrechen.

Marthe mußte mir versprechen, daß sie, wenn es zu einer Katastrophe käme, gleichviel ob bei ihren Eltern oder mit ihrem Mann, standhaft bleiben werde. Die

Drohungen des Hausbesitzers, einige umlaufende Gerüchte gaben mir allen Anlaß, zu befürchten und zugleich zu hoffen, daß es zwischen Marthe und Jacques zu einer Auseinandersetzung kommen werde.
Marthe hatte mich inständig gebeten, sie doch recht häufig zu besuchen, wenn Jacques, dem sie schon von mir erzählt hatte, auf Urlaub käme. Ich hatte mich geweigert, da ich fürchtete, meine Rolle schlecht zu spielen, und da es mir widerstrebte, ständig diesen Mann um sie bemüht zu sehen. Sein Urlaub war auf elf Tage vorgesehen. Vielleicht würde er auch noch Mittel und Wege finden, zwei Tage länger zu bleiben. Marthe mußte mir hoch und heilig versprechen, daß sie täglich schreiben werde. Ich wartete drei Tage, ehe ich mich an den Schalter für postlagernde Sendungen begab, da ich sicher sein wollte, einen Brief vorzufinden. Es lagen schon vier dort. Man wollte sie mir nicht aushändigen: es fehlte eines der notwendigen Ausweispapiere. Mir war um so unbehaglicher zumute, als ich meinen Geburtsschein gefälscht hatte; man war erst ab achtzehn Jahren berechtigt, postlagernde Sendungen zu empfangen. Ich beschwor das Fräulein am Schalter und hatte zugleich größte Lust, ihr Pfeffer in die Augen zu schleudern, mich der Briefe zu bemächtigen, die sie in der Hand hielt und mir nicht geben würde. Endlich, da ich auf dem Postamt bekannt war, erreichte ich wenigstens, daß man versprach, mir die Briefe anderntags zuzustellen.

Ich hatte entschieden noch manches zu lernen, ehe ich ein Mann wurde. Als ich Marthes ersten Brief öffnete, fragte ich mich, wie sie so etwas nur fertigbrächte: einen Liebesbrief zu schreiben. Ich wußte nicht, daß diese Art Briefe am allerleichtesten zu schreiben ist: es bedarf nur der Liebe. Ich fand Marthes Briefe wunderbar und den schönsten ebenbürtig, die ich noch je gelesen. Dabei schrieb Marthe nur von ganz gewöhnlichen Dingen, und welche Qual es für sie sei, fern von mir zu leben.

Ich wunderte mich, daß meine Eifersucht nicht heftiger war. Ich begann, in Jacques den »Gatten« zu sehen. Allmählich vergaß ich, daß er jung war und betrachtete ihn als einen alten Knasterbart.

Ich schrieb Marthe nicht; das Risiko war doch zu groß. Im Grunde war ich ganz froh, daß ich nicht zu schreiben brauchte; wie vor allem Neuen empfand ich auch diesmal eine unbestimmte Furcht: ich könnte versagen und meine Briefe möchten sie verletzen oder ihr naiv erscheinen.

Meine Achtlosigkeit war schuld, daß nach zwei Tagen einer von Marthes Briefen, den ich auf meinem Arbeitstisch liegengelassen hatte, verschwand; anderntags lag er wieder auf der alten Stelle. Diese Entdeckung machte mir einen Strich durch die Rechnung: Jacques' Urlaub, die langen Stunden meines Zuhauseseins hätten meine Eltern glauben machen sollen, daß ich mich von Marthe löste. Denn, wenn ich mich anfangs recht prahlerisch betragen hatte, damit meine Eltern merken sollten, daß ich eine Geliebte hätte, so begann ich nun zu wünschen, sie möchten etwas weniger Beweise dafür haben. Und nun mußte mein Vater den wahren Grund meiner Artigkeit erfahren.

Ich benutzte diese freie Zeit, um die Zeichenkurse wieder zu besuchen; denn seit langem schon zeichnete ich meine Aktstudien nach Marthes Körper. Ich weiß nicht, ob mein Vater es erriet; zumindest bezeigte er einige Verwunderung, deren spöttischer Unterton mich erröten ließ, über die Einförmigkeit meiner Modelle. Ich kehrte also in die *Grande Chaumière* zurück und arbeitete fleißig, um für den Rest des Jahres einen gehörigen Vorrat an Studien zusammenzubringen, welchen Vorrat ich ja bei dem nächsten Besuch des Gatten erneuern könnte.

Auch René sah ich wieder. Seit er von dem Henri IV entlassen war, ging er auf das Louis-le-Grand. Dort holte ich ihn allabendlich nach dem Zeichenkurs ab. Wir trafen uns nur noch heimlich, denn seit seiner Schulentlassung, und vor allem seit Marthe, hatten seine Eltern, die mich ehedem für ein Vorbild gehalten hatten, ihm jeden Umgang mit mir untersagt.

René, dem die Liebe bei seinen Liebschaften als ein lästiger Ballast erschien, verspottete mich wegen meiner Leidenschaft für Marthe. Da seine Sticheleien mir unerträglich waren, war ich feig genug, zu behaupten, es handele sich gar nicht um echte Liebe. Unverzüglich stieg ich wieder in seiner Achtung, die in letzter Zeit etwas nachgelassen hatte.

Ich begann, Marthes Liebe ganz selbstverständlich zu finden. Was mich am meisten quälte, war die Enthaltsamkeit, zu der meine Sinne verurteilt waren. Ich wurde nervös und unbeherrscht wie ein Pianist ohne Flügel, ein Raucher ohne Zigaretten.

René, der sich über mein Herz lustig machte, war sel-

ber um eine Frau bemüht, die er ohne Liebe zu lieben glaubte. Dieses anmutige Tier, eine blonde Spanierin, war von einer solchen unglaublichen Gelenkigkeit, daß es aus einem Zirkus stammen mußte. René, der den Überlegenen spielte, war in Wahrheit sehr eifersüchtig. Halb lächelnd halb erbleichend, bat er mich, ihm einen seltsamen Dienst zu erweisen. Für jemand, der das Gymnasium kennt, war dieser Dienst ein typischer Gymnasiasteneinfall. Er wollte in Erfahrung bringen, ob diese Frau ihn betrog. Es handelte sich also darum, ihr Anträge zu machen, um zu sehen, ob sie darauf einging.
Dieser Dienst setzte mich in Verlegenheit. Meine Schüchternheit überfiel mich wieder. Doch um nichts in der Welt hätte ich schüchtern erscheinen wollen, und schließlich half mir die Dame selber aus der Verlegenheit. Sie bewies mir ein so unmißverständliches Entgegenkommen, daß die Schüchternheit, die gewisse Dinge verhindert und zu anderen nötigt, mich hinderte, auf René und Marthe Rücksicht zu nehmen. Ich hoffte, daß wenigstens der Körper dabei auf seine Kosten käme, aber ich war wie ein Raucher, der an eine einzige Sorte gewöhnt ist. So blieb mir nichts als der Gewissensbiß, René hintergangen zu haben, dem ich schwor, seine Geliebte widerstehe allen Anträgen.
Marthe gegenüber empfand ich kein Schuldgefühl. Ich wollte mich dazu zwingen. Doch ich mochte mir noch so oft wiederholen, daß ich ihr niemals vergeben würde, wenn sie mich betrog, es half nichts. »Das ist nicht das gleiche«, sagte ich zu meiner Entschuldigung,

mit jener bemerkenswerten Plattheit, die der Egoismus in seine Antworten zu legen pflegt. Ebenso fand ich es ganz in der Ordnung, daß ich ihr nicht schrieb; aber wenn sie mir nicht geschrieben hätte, wäre ich überzeugt gewesen, daß sie mich nicht mehr liebte. Dennoch verstärkte diese leichte Untreue meine Liebe.

Jacques blieb das Betragen seiner Frau ein Rätsel. Marthe, die sonst eher redselig war, richtete kaum noch das Wort an ihn. Fragte er sie dann: »Was hast du nur?«, so erwiderte sie: »Nichts.«

Zwischen Frau Grangier und ihrem Schwiegersohn kam es verschiedentlich zu heftigen Szenen. Sie beschuldigte ihn der Unbeholfenheit im Umgang mit ihrer Tochter, und nun bereue sie es, sie ihm gegeben zu haben. Auch die plötzliche Veränderung in dem Charakter ihrer Tochter müsse sie dieser seiner Unbeholfenheit zuschreiben. Sie wolle Marthe jetzt auf eine Zeitlang zu sich nehmen. Jacques wagte nicht zu widersprechen. Einige Tage nach seiner Ankunft brachte er Marthe also zu ihrer Mutter, die, indem sie allen Launen ihrer Tochter entgegenkam, zugleich, ohne es zu ahnen, deren Liebe zu mir verstärkte. Marthe war in diesem Hause geboren. Jedes Stück, sagte sie zu Jacques, erinnere sie immer an die glückliche Zeit, als sie noch sich selbst gehörte. Sie sollte in ihrem Jungmädchenzimmer schlafen. Jacques bat, daß man dort wenigstens ein zweites Bett für ihn aufschlage. Dieses Ansinnen rief eine Nervenkrise hervor. Marthe wies es von sich, ihr jungfräuliches Gemach zu entweihen.

Herr Grangier fand all diese Zierereien albern. Frau Grangier nahm die Gelegenheit wahr, ihrem Gatten und ihrem Schwiegersohn zu bedeuten, daß ihnen jedes Verständnis für das weibliche Zartgefühl abgehe. Es schmeichelte ihr, daß die Seele ihrer Tochter Jacques so wenig gehörte. Denn alles, was Marthe ihrem Mann entzog, glaubte Frau Grangier für sich in Anspruch nehmen zu dürfen, und so fand sie diese Skrupel erhaben. Erhaben waren sie freilich, aber für mich.
An den Tagen, da Marthe sich, wie sie vorgab, am wenigsten wohl fühlte, wollte sie unbedingt ausgehen. Jacques begriff, daß dies nicht aus Freude an seiner Begleitung geschah. Da Marthe ihre Briefe an mich niemand anvertrauen konnte, mußte sie sie selbst auf die Post tragen.
Ich war wirklich froh, schweigen zu dürfen; denn wenn ich ihr hätte schreiben können, so wäre ich in meiner Antwort auf den Bericht der Qualen, die sie über den Unglücklichen verhängte, für das Opfer eingetreten. In gewissen Augenblicken packte mich Entsetzen über das Unheil, das ich angerichtet hatte; dann wieder meinte ich, Marthe könne Jacques niemals genug dafür strafen, daß er mir ihre Jungfräulichkeit geraubt hatte. Aber da nichts uns weniger sentimental stimmt als die Leidenschaft, so fand ich es eigentlich wunderbar, daß ich nicht zu schreiben brauchte und daß Marthe derart fortfuhr, Jacques zur Verzweiflung zu bringen.
Bei seinem Abschied war er völlig gebrochen.
Alle schrieben diese Krise der entnervenden Verlassenheit zu, in der Marthe lebte. Denn ihre Eltern und ihr

Mann waren die einzigen, denen unser Verhältnis verborgen geblieben war, da die Hausbesitzer Jacques aus Achtung vor der Uniform nichts zu sagen gewagt hatten. Frau Grangier pries sich glücklich, daß sie ihre Tochter wieder hatte, und daß diese wie vor ihrer Heirat lebte. Die Grangiers fielen daher aus allen Wolken, als Marthe am Tage nach Jacques' Abfahrt erklärte, daß sie nach J... zurückkehren wolle.

Den gleichen Tag noch sahen wir uns wieder. Zuerst schalt ich sie, ohne sonderlichen Nachdruck, daß sie Jacques so gequält hatte. Als ich aber seinen ersten Brief las, ergriff mich eine panische Angst. Er schrieb, wenn er Marthes Liebe verloren habe, werde er gerne in den Tod gehen.

Ich bemerkte nicht, daß er sie derart zu erpressen suchte. Im Geiste sah ich mich schon für seinen Tod verantwortlich und vergaß ganz, daß ich ihn ja herbeigewünscht hatte. Ich führte mich noch wunderlicher auf und behandelte Marthe noch ungerechter. Wohin wir uns auch wendeten, überall klaffte uns eine Wunde entgegen. Marthe mochte mir noch so oft wiederholen, es sei weniger unmenschlich, Jacques' Hoffnungen nicht zu schmeicheln, so war ich doch derjenige, der sie nötigte, ihm mit Sanftmut zu antworten. Ich war es, der seiner Frau die einzigen zärtlichen Briefe diktierte, die er jemals von ihr empfangen hat. Sie schrieb sie nur widerstrebend und unter Tränen, aber ich drohte ihr, wenn sie nicht gehorche, werde sie mich niemals wiedersehen. Daß Jacques mir seine einzigen Freuden verdankte, milderte ein wenig meine Gewissensbisse.

Wie wenig ernst es ihm mit seinem Verlangen nach dem Tode war, erkannte ich, als seine Antwortbriefe auf die *unsrigen* von neuer Hoffnung überströmten.
Ich bewunderte mein Verhalten dem armen Jacques gegenüber, während ich im Grunde aus bloßem Egoismus handelte und aus Angst, mein Gewissen mit einem Verbrechen zu belasten.

Auf diese dramatischen Wochen folgte eine glückliche Zeit. Ach! und doch haftete allem ein Gefühl des Vorläufigen an. Das lag an meinem Alter und an meiner Charakterlosigkeit. Ich konnte mich zu nichts entschließen, weder dazu, Marthe zu fliehen, damit sie mich vielleicht vergäße und zu ihren Pflichten zurückkehrte, noch dazu, Jacques in den Tod zu treiben. Die Entscheidung darüber, wie lange wir zusammenbleiben würden, hing also nur von dem Zeitpunkt des Friedensschlusses und von der Heimkehr der Truppen ab. Jagte er seine Frau dann davon, so blieb sie mir erhalten; behielt er sie, so fühlte ich mich unfähig, sie ihm mit Gewalt zu entreißen. Unser Glück war eine Sandburg. Da aber die Flut hier zu keinem festen Zeitpunkt eintraf, so hoffte ich, sie werde so spät wie möglich ansteigen.

Nun war Jacques es, der, von unseren Briefen bezaubert, Marthe ihrer Mutter gegenüber in Schutz nahm, als diese sich über die Rückkehr ihrer Tochter nach J . . . beschwerte. Diese Rückkehr und die daraus erwachsene Verbitterung hatten übrigens bei Frau Grangier einigen Argwohn geweckt. Und auch anderes schien ihr verdächtig: Marthe weigerte sich, irgendwelche Dienstboten zu beschäftigen, was die Entrü-

stung ihrer Familie, und noch mehr die ihrer Schwiegereltern, hervorrief. Was aber vermochten Eltern und Schwiegereltern gegen einen Jacques, der dank der Argumente, die ich ihm durch Marthes Vermittlung einsagte, unser Verbündeter geworden war?
Nun aber eröffnete das Städtchen das Feuer auf sie.
Die Hausbesitzer taten, als wäre sie Luft. Niemand grüßte sie. Nur die Geschäftsleute konnten sich eine solche Hochnäsigkeit von berufswegen nicht leisten. Und so kam es, daß Marthe, die bisweilen das Bedürfnis nach einer kleinen Unterhaltung empfand, sich etwas länger als nötig in den Läden aufhielt. Wenn ich bei ihr war und sie ausging, um Milch und Kuchen einzuholen, und wenn sie nach fünf Minuten noch nicht zurück war, so fürchtete ich schon, sie wäre unter die Trambahn gekommen, und lief, so schnell ich konnte, zu der Milchfrau oder dem Konditor. Dort fand ich sie dann im Gespräch mit dem Ladeninhaber. Außer mir vor Wut, daß ich mich so von meinen nervösen Ängsten überrumpeln ließ, machte ich ihr, kaum daß wir draußen waren, eine fürchterliche Szene. Ich beschuldigte sie, sie habe einen Hang zur Gewöhnlichkeit, daß die Unterhaltung der Geschäftsleute ihr ein solches Vergnügen bereite. Die Ladeninhaber, deren Gespräche ich derart unterbrach, haßten mich.
Die Hofetikette ist ziemlich einfach, wie alles, was vornehm ist. Nichts aber ist so rätselhaft wie die Anstandsregeln der kleinen Leute. Bei ihnen hat immer das Alter den Vortritt. Nichts würde ihnen ungereimter vorkommen als die Verneigung einer alten Herzogin vor einem jungen Prinzen. Man begreift hieraus

den Haß des Konditors, der Milchfrau, wenn sie es dulden mußten, daß ein Junge ihre Vertraulichkeiten mit Marthe störte. Für diese hingegen wären sie um dieser Unterhaltungen willen mit tausend Entschuldigungsgründen rasch bei der Hand gewesen.

Der Hausherr hatte einen zweiundzwanzigjährigen Sohn. Er kam auf Urlaub. Marthe lud ihn zum Tee ein.

Abends hörten wir einen heftigen Wortwechsel unter uns: Man verbot ihm, die Mieterin aufzusuchen. Da ich gewohnt war, daß mein Vater gegen keine meiner Handlungen Einspruch erhob, war ich höchst verblüfft, daß der Trottel seinen Eltern widerspruchslos folgte.

Als wir anderntags den Garten durchschritten, war er gerade damit beschäftigt, ein Beet umzugraben. Das war gewiß eine Strafarbeit. Da er sich trotz allem schämte, wandte er den Kopf ab, um uns nicht grüßen zu müssen.

Diese Scharmützel schmerzten Marthe; klug genug und verliebt genug, um zu begreifen, daß das Glück nicht in der Achtung der Nachbarn besteht, glich sie jenen Dichtern, die wohl wissen, daß die wahre Poesie ein Fluch ist, und die trotz dieser Gewißheit darunter leiden, daß die Anerkennung, die sie verachten, ausbleibt.

In all meinen Abenteuern spielt ein Stadtrat eine Rolle. Herr Marin, der unter Marthes Zimmer wohnte, ein alter Herr mit grauem Bart und von edlem Wuchs, war ein ehemaliger Stadtrat von J . . . Seit Kriegsbeginn im Ruhestand, war er stets bereit, wenn die Gelegenheit es gab, dem Vaterland einen Dienst zu erweisen; ansonsten begnügte er sich damit, die Kommunalpolitik zu verurteilen. Er lebte allein mit seiner Frau, und die beiden empfingen weder noch machten sie jemals Besuche, außer zu Neujahr.

Seit einigen Tagen ging es drunten hoch her, und wir vernahmen dies um so deutlicher, als man in unserem Zimmer jedes leiseste Geräusch aus dem Erdgeschoß hören konnte. Die Parkettbohner kamen. Das Dienstmädchen putzte zusammen mit dem Mädchen der Hausbesitzer das Silber im Garten und entfernte den Grünspan von den kupfernen Hängelampen. Durch die Milchfrau erfuhren wir, daß die Marins unter einem geheimnisvollen Vorwand eine Überraschungsparty vorbereiteten. Frau Marin hatte den Bürgermeister aufgesucht, um ihn einzuladen, und ihn gebeten, ihr eine Ration von acht Litern Milch freizugeben. Ob er die Milchhändlerin auch ermächtigen würde, etwas Sahne zu bereiten?

Nachdem diese Vergünstigungen gewährt worden waren, erschienen am festgesetzten Tage (einem Freitag) und zur anberaumten Stunde an die fünfzehn Honoratioren mit ihren Frauen, deren jede Gründerin und Vorsitzende eines Vereins für stillende Mütter oder für Verwundetenpflege war, dem die übrigen als Mitglieder angehörten. Um Lebensart zu zeigen, empfing die Hausfrau vor der Türe. Sie hatte sich des geheimnisvollen Vorwandes bedient, um ihre Party als Picknick zu gestalten. Alle diese Damen predigten die äußerste Sparsamkeit und erfanden neue Rezepte. Was sie an Süßigkeiten beisteuerten, bestand dementsprechend aus Kuchen, die ohne Mehl, Cremes, die aus Baumflechte zubereitet waren, und ähnlichem. Jede neu Eintreffende sagte zu Frau Marin: »Oh, das sieht zwar nach nichts aus, aber ich hoffe, es schmeckt trotzdem gut.«

Herr Marin nahm diesen Empfang zum Anlaß, seine »Rückkehr ins politische Leben« vorzubereiten.

Die Überraschung aber, die den Gästen geboten werden sollte, waren Marthe und ich. Einer meiner Kameraden, der den gleichen Zug wie ich benutzte, besaß so viel Nächstenliebe, mir das Geheimnis zu lüften. Man denke sich mein Erstaunen, als ich erfuhr, daß die Marins sich regelmäßig damit vergnügten, sich am Spätnachmittag unter unserem Zimmer aufzuhalten, um unsere Liebkosungen zu belauschen.

Augenscheinlich hatten sie Geschmack daran gefunden und wollten ihre Vergnügungen nun auch einem größeren Kreise zugänglich machen. Selbstverständlich wußten die Marins, als hochachtbare Leute, dieser ihrer Schamlosigkeit ein moralisches Mäntelchen umzuhängen. Sie wollten, daß alles, was die Gemeinde an Leuten *comme il faut* zählte, ihre Entrüstung teilen sollte.

Die Gäste hatten Platz genommen, Frau Marin wußte, daß ich bei Marthe war, und hatte den Tisch unterhalb des Schlafzimmers gedeckt. Sie kam sich ungeheuer wichtig vor. Sie hätte sich den Stock des Regisseurs gewünscht, um den Beginn des Schauspiels anzukündigen. Dank der Indiskretion des jungen Mannes, der das Geheimnis aus Solidarität mit einem Altersgenossen verraten hatte und weil er seiner Familie einen Streich spielen wollte, hüteten wir uns, den geringsten Lärm zu machen. Ich hatte nicht gewagt, Marthe den wahren Anlaß dieses Picknicks zu verraten. Ich stellte mir vor, wie Frau Marins Gesicht, während ihr Blick dem Uhrzeiger folgte, immer länger und länger wurde und die Gäste ihre Ungeduld kaum noch bezähmen konnten. Endlich gegen sieben Uhr mußten die Paare unverrichteter Dinge abziehen. Im Fortgehen traktierten sie die Marins mit halblauter Stimme als Schwindler und nannten den armen siebzigjährigen Herrn Marin einen Streber. So ein künftiger Stadtrat verspricht einem das Blaue vom Himmel herunter und wartet nicht einmal seine Wahl ab, um sein Versprechen nicht zu halten. Und was Frau Marin betraf, so erblickten diese Damen in der Party ein treffliches Mittel, sich auf einige Zeit mit Dessert zu versorgen. Der Bürgermeister in Person war für wenige Minuten erschienen; diese wenigen Minuten und die acht Liter Milch gaben Veranlassung zu dem Getuschel, daß er zu der Tochter der Marins, die Lehrerin der Oberschule war, höchst intime Beziehungen unterhalte. Fräulein Marins Heirat hatte seinerzeit ziemlich viel Staub aufgewirbelt, weil der Erwählte einer Lehrerin wenig würdig schien; sie hatte nämlich einen Stadtpolizisten geheiratet.

Ich trieb die Bosheit so weit, sie nun vernehmen zu lassen, was ihrem Wunsch nach die anderen hätten vernehmen sollen. Marthe war etwas verwundert über diese nachträgliche Glut. Ich konnte nicht länger an mich halten, und auf die Gefahr hin, sie zu bekümmern, erzählte ich ihr, in welcher Absicht die Party stattgefunden habe. Wir lachten zusammen, bis uns die Tränen kamen.

Frau Marin, die vielleicht bereit gewesen wäre, Nachsicht walten zu lassen, wenn ich ihren Erwartungen entsprochen hätte, verzieh uns diesen Fehlschlag nie. Er beseelte sie mit einem grimmigen Haß. Den sie jedoch nicht befriedigen konnte, da ihre Mittel alle erschöpft waren, und sie es doch nicht wagte, ihre Zuflucht zu anonymen Briefen zu nehmen.

Inzwischen war es Mai geworden. Wir trafen uns seltener bei Marthe, und ich übernachtete dort nur, wenn ich zu Hause eine Lüge erfinden konnte, um bis zum Morgen dort zu bleiben. Das geschah ein- bis zweimal in der Woche. Ich wunderte mich, daß meine Lüge jedesmal Erfolg hatte. In Wirklichkeit glaubte mein Vater mir nicht. In seiner unwahrscheinlichen Nachsichtigkeit ließ er mir alles durchgehen, auf die einzige Bedingung hin, daß weder meine Geschwister noch die Dienstboten etwas erführen. Ich brauchte daher ihm nur zu erzählen, daß ich um fünf Uhr aufbrechen werde, wie seinerzeit am Tage meiner Wanderung in den Wald von Sénart. Aber meine Mutter richtete mir keinen Korb mehr.

Mein Vater duldete alles, dann ohne jeden Übergang brauste er auf und warf mir meine Faulheit vor. Diese Szenen brandeten auf und legten sich wieder, wie die Meereswogen.

Nichts nimmt einen so sehr in Anspruch wie die Liebe. Man ist keineswegs ein Faulpelz, wenn man als Verliebter faulenzt. Die Liebe spürt dunkel, daß die Arbeit das einzige ist, was von ihr ablenkt. Sie sieht daher mit Recht einen Nebenbuhler in ihr. Und jeder Nebenbuhler ist ihr unerträglich. Doch die Liebe ist eine wohltätige Faulheit wie der sanfte Regen, der das Erdreich befruchtet.

Wenn die Jugend unerfahren ist, so kommt das daher, daß sie niemals wirklich gefaulenzt hat. Der Fehler unserer Erziehungsmethoden ist, daß sie sich der großen Zahl wegen nur an die Mittelmäßigen wenden. Für einen Geist, der sich entwickelt, gibt es keine Faulheit. Ich habe niemals mehr gelernt als an jenen langen Tagen, die einem Zuschauer leer erschienen wären, und an denen ich mein unerfahrenes Herz beobachtete, wie ein Parvenu seine Bewegungen bei Tisch überwacht.

Wenn ich nicht bei Marthe schlief, das heißt an den meisten Tagen, fuhren wir nach dem Abendessen bis elf Uhr auf der Marne spazieren. Ich löste das Boot meines Vaters vom Ufer. Marthe ruderte, ich streckte mich aus und lehnte meinen Kopf in ihren Schoß. Ich behinderte sie. Und wenn mich unversehens ein Ruderschlag traf, so rief er mir ins Gedächtnis, daß diese Kahnfahrt nicht das ganze Leben dauern werde.

Die Liebe möchte immer, daß der andere ihre Seligkeit teilt. So wird eine von Natur eher kühle Geliebte zärtlich, küßt uns in den Nacken und ersinnt tausend kleine Neckereien, sobald sie uns einen Brief schreiben sieht. Niemals hatte ich eine solche Lust, Marthe zu küssen, als wenn sie mit etwas beschäftigt war, das sie von mir ablenkte; niemals ein ähnliches Verlangen, ihr durch das Haar zu fahren und es zu zerwühlen, als wenn sie gerade dabei war, ihre Frisur hochzustecken. Im Kahn warf ich mich über sie, bedeckte sie mit Küssen, damit sie die Ruder loslassen sollte und das Boot abtriebe, um irgendwo im Schilf zwischen den weißen und gelben Wasserrosen steckenzubleiben. Sie hielt dies für die Zeichen einer unbezähmbaren Leidenschaft, während mich vor allem jene heftige Lust, den andern zu stören, antrieb. Dann legten wir das Boot hinter hohen Schilfbüscheln vor Anker. Die Furcht, daß man uns sehen oder daß wir kentern könnten, steigerte die Wollust, die ich bei unseren Umarmungen empfand.

So beklagte ich mich denn auch nicht über die Feindseligkeit der Hausbesitzer, die meine Anwesenheit in Marthes Wohnung so sehr erschwerte.

Meine gleichsam fixe Idee, sie so zu besitzen, wie Jacques sie niemals besessen haben konnte, ein Fleckchen ihrer Haut zu küssen, nachdem sie mir hatte schwören müssen, daß nie jemandes Lippen außer den meinigen diese Stelle berührt hätten, war nur eine Art Unzucht. Jede Liebe hat ihre Kindheit, ihre Mannesjahre, ihr Greisenalter. War ich bereits in jenem letzten Stadium angelangt, wo die Liebe ohne gewisse Würzen keine Befriedigung mehr findet? Denn obwohl meine Wollust auf der Gewohnheit beruhte, so steigerte sie sich doch durch diese tausend Kleinigkeiten, diese leichten Veränderungen, denen man die Gewohnheit unterwirft. Ebenso findet ein Rauschgiftsüchtiger seine Ekstase nicht durch eine fortgesetzte Erhöhung der Dosen, die alsbald tödlich werden würde, sondern in einem veränderten Rhythmus, indem er entweder die Stunden wechselt oder sich gewisser Listen bedient, um den Körper zu täuschen.

Ich liebte dieses linke Ufer der Marne so sehr, daß ich

das gegenüberliegende, völlig andersartige aufsuchte, um das geliebte Ufer von dort aus zu betrachten. Das rechte Ufer ist weniger anmutig. Dort wird Gemüse gezogen und Getreide angebaut, während mein Ufer den Müßiggängern gehört. Wir befestigten das Boot an einem Baum und streckten uns mitten in das Korn. Das Getreide wogte und schauerte im Abendwind. Unser Egoismus vergaß in seinem Versteck den Schaden, den wir anrichteten, und opferte das Korn dem Komfort unserer Liebe, wie wir ihm Jacques aufopferten.

Ein Arom des Vorläufigen reizte meine Sinne. Nachdem ich brutalere Freuden genossen hatte, die eher denen glichen, die man ohne Liebe bei der erstbesten empfindet, kamen mir die anderen schal vor.
Schon begann ich den freien, keuschen Schlaf zu schätzen, das Wohlgefühl, einmal allein zwischen frischen Laken zu liegen. Ich führte verschiedene Vorsichtsgründe an, um die Nächte nicht mehr bei Marthe zu verbringen. Sie bewunderte meine Charakterstärke. Ich fürchtete auch die Gereiztheit, die eine gewisse Engelsstimme der Frauen uns verursacht, wenn diese geborenen Schauspielerinnen beim Erwachen allmorgendlich wie aus dem Jenseits aufzutauchen scheinen.
Ich machte mir Vorwürfe wegen meiner Krittelei, meiner Verstellung, und verbrachte ganze Tage damit, mich zu fragen, ob ich Marthe mehr oder weniger liebte als früher. Meine Liebe mußte alles zergliedern. Und ebenso, wie ich Marthes Sätze falsch auslegte, wenn ich eine tiefere Meinung darin zu entdecken glaubte, so suchte ich auch zu erraten, was ihr Schweigen bedeutete. Hatte ich dabei immer so Unrecht? Es gibt doch eine Art Erschütterung, die sich nicht beschreiben läßt, und an der man merkt, daß man ins

Schwarze getroffen hat. Meine Freuden, doch auch meine Ängste waren heftiger geworden. Wenn mich an ihrer Seite plötzlich von einer Sekunde zur andern das Verlangen überkam, zu Hause allein in meinem Bett zu liegen, so schloß ich daraus, wie unerträglich mir ein dauerndes Zusammensein wäre. Andererseits konnte ich mir ein Leben ohne Marthe überhaupt nicht mehr vorstellen. Ich begann, die Strafe des Ehebrechers zu fühlen.

Ich zürnte Marthe, daß sie vor unserer Liebe eingewilligt hatte, Jacques Wohnung nach meinen Wünschen einzurichten. Ich konnte diese Möbel nicht mehr ausstehen, da ich sie ja nicht nach meinem Gefallen gewählt hatte, sondern damit sie Jacques mißfielen. Ich war sie gründlich leid geworden. Nun reute es mich, daß ich Marthe ihre Einrichtung nicht alleine hatte aussuchen lassen. Sie hätte mir anfangs sicher mißfallen, doch wie reizvoll wäre es dann gewesen, sich allmählich daran zu gewöhnen, aus Liebe zu ihr. Ich war eifersüchtig, daß der Vorteil dieser Gewöhnung Jacques zugefallen war.

Marthe sah mich mit großen, erstaunten Augen an, als ich in bitterem Ton zu ihr sagte: »Ich hoffe doch, wenn wir zusammen wohnen, werden wir diese Möbel abschaffen.« Sie respektierte alles, was ich sagte. Des Glaubens, ich hätte vergessen, daß diese Möbel von mir stammten, wagte sie nicht, mich daran zu erinnern. Im stillen beklagte sie mein schlechtes Gedächtnis.

In den ersten Tagen des Juni erhielt Marthe einen
Brief von Jacques, in dem endlich einmal von etwas
anderem als von seiner Liebe die Rede war. Jacques
war krank. Er sollte nach Bourges ins Lazarett gebracht werden. Nicht, daß ich mich über seine Krankheit gefreut hätte, aber daß er einmal etwas Sachliches
mitzuteilen hatte, bereitete mir eine gewisse Erleichterung. Da er den nächsten oder übernächsten Tag
durch J... kommen würde, bat er Marthe, sie möchte
doch auf dem Bahnsteig seine Durchfahrt abpassen.
Marthe zeigte mir diesen Brief. Sie erwartete einen
Befehl, was sie tun sollte.
Die Liebe hatte sie völlig zur Sklavin gemacht. Und
angesichts einer solchen bedingungslosen Gefügigkeit
fiel es mir schwer, ihr etwas zu befehlen oder zu verbieten. Mein Schweigen sollte meiner Meinung nach
als ein Zeichen meines Einverständnisses gelten. Wie
hätte ich sie hindern können, ihren Mann einen flüchtigen Augenblick zu sehen. Auch sie schwieg. So daß
ich anderntags auf Grund dieser unausgesprochenen
Übereinkunft nicht zu ihr ging.
Am übernächsten Tag in der Frühe erschien bei meinen Eltern ein Bote mit einem Brief, den er nur mir
allein aushändigen dürfe. Er war von Marthe. Sie

erwarte mich am Ufer des Flusses. Sie beschwor mich, zu kommen, wenn meine Liebe zu ihr noch nicht völlig erkaltet sei.
Ich lief bis zur Bank, auf der Marthe mich erwartete. Ihre Begrüßung, die mit dem Stil ihres Briefes so wenig übereinstimmte, ließ mich erstarren. Ich glaubte, sie habe ihr Herz gegen mich verkehrt.
Die Sache war nur die, daß Marthe mein Schweigen vor zwei Tagen in einem feindseligen Sinne ausgelegt hatte. Sie war nicht im mindesten auf den Gedanken einer heimlichen Übereinkunft gekommen. Auf Stunden der ängstlichsten Sorge folgte bei meinem Anblick eine Art Erbitterung darüber, daß ich noch am Leben war, denn nur der Tod hätte als eine hinreichende Entschuldigung für mein Fernbleiben am Vortag gelten können. Meine Verblüffung war ungeheuchelt. Ich erklärte ihr meine Zurückhaltung, meine Achtung vor ihren Pflichten gegenüber dem kranken Jacques. Sie glaubte mir nur zur Hälfte. Ich war erbittert. Ich war nahe daran zu sagen: »Wenn ich schon einmal nicht lüge ...« Wir weinten.
Aber solche vertrackten Schachpartien sind endlos und erschöpfend, wenn nicht einer der beiden Partner Abhilfe schafft. Im Grunde schmeichelte es mir, wie Marthe sich Jacques gegenüber verhielt. Ich küßte sie, wiegte sie in meinen Armen. »Das Stillschweigen«, sagte ich, »will uns nicht recht gelingen.« Wir gaben uns das Versprechen, einander nichts von unseren heimlichsten Gedanken zu verbergen; sie tat mir fast ein wenig leid, als ich sah, daß sie dies für möglich hielt ...

In J . . . hatte Jacques vergeblich nach Marthe Ausschau gehalten, und als der Zug dann an ihrem Haus vorbeifuhr, hatte er gesehen, daß die Läden offenstanden. Sein Brief beschwor sie, ihn zu beruhigen. Er bat sie, ihn in Bourges zu besuchen. »Du mußt hinfahren«, sagte ich, wobei ich mich bemühte, jeden Beiklang des Vorwurfs zu vermeiden.
»Ja, ich werde fahren«, sagte sie, »wenn du mitkommst.«
Das hieß die Arglosigkeit denn doch zu weit treiben. Aber was in ihren anstößigsten Worten und Taten an Liebe lag, brachte mich rasch vom Zorn zur Dankbarkeit. Ich brauste auf. Ich beruhigte mich. Ihre Einfalt rührte mich. Ich redete ihr gütlich zu und behandelte sie wie ein Kind, das nach dem Mond verlangt.
Ich stellte ihr vor, wie unmoralisch es wäre, diese Fahrt in meiner Begleitung zu unternehmen. Weil meine Antwort nicht heftig und kränkend war wie die eines beleidigten Liebhabers, wog sie um so mehr. Zum ersten Male hörte Marthe mich von »Moral« sprechen. Dieses Wort kam ihr gelegen, denn Marthe war nicht bösartig und mochte wie ich, bisweilen von heftigen Zweifeln an der Erlaubtheit unserer Liebe befallen werden. Ohne dieses Wort hätte sie mich für amoralisch halten können, da sie im Grunde, trotz ihres Aufbegehrens gegen die trefflichen bürgerlichen Vorurteile, selber recht bürgerlich war. Weil es jedoch das erstemal war, daß ich sie warnte, galt ihr dies geradezu als ein Beweis, daß ich bis dahin der Ansicht war, wir hätten uns nichts zuschulden kommen lassen.

Marthe verzichtete nur ungern auf diese Art unziemlicher Hochzeitsreise. Sie begriff jedoch jetzt ihre Unmöglichkeit.

»So erlaube mir wenigstens«, sagte sie, »nicht hinzufahren.«

Diese Erwähnung der »Moral«, die so leichthin geschehen war, bestellte mich zu ihrem Gewissensberater. Ich gefiel mir in dieser neuen Rolle wie die Despoten, die sich an einem Zuwachs ihrer Macht berauschen. Die Gewalt wird nur fühlbar, wenn man sie mißbraucht. Ich erwiderte also, daß ich kein Verbrechen darin sehen könnte, wenn sie nicht nach Bourges ginge. Ich führte verschiedene Gründe an, die sie überzeugten: die ermüdende Reise, Jacques' nahe Genesung. Diese Gründe würden sie entlasten, wenn auch nicht in Jacques' Augen, so doch ihren Schwiegereltern gegenüber.

Indem ich Marthe in einem Sinne, der mir genehm war, beeinflußte, formte ich sie allmählich nach meinem Bilde. Ich machte es mir zum Vorwurf und sagte mir, daß ich derart wissentlich unser Glück zerstörte. Daß sie mir ähnlich wurde, daß dies mein Werk war, entzückte und reizte mich. Ich erblickte darin einen Grund unseres Einvernehmens. Ich erkannte darin aber auch schon die Ursachen künftiger Katastrophen. In der Tat hatte ich nach und nach so viel von meiner Unentschlossenheit auf sie übertragen, daß diese sie eines Tages, wenn es darauf ankäme, hindern würde, irgendeine Entscheidung zu treffen. Ich fühlte, daß sie wie ich die Arme hängen ließ, in der stillen Hoffnung, das Meer möchte ihre Sandburg verschonen, während die anderen Kinder schon weiter landeinwärts wieder am Werk sind.

Mitunter überträgt eine solche seelische Ähnlichkeit sich auch auf das körperliche Betragen, unseren Blick, unseren Gang; es kam öfters vor, daß Fremde uns für Geschwister hielten. In jedem von uns liegen keimhafte Möglichkeiten der Ähnlichkeit, welche die Liebe entwickelt. Eine Gebärde, ein gewisser Tonfall verraten früher oder später auch das behutsamste Liebespaar.

Wenn das Herz, wie Vauvenargues meint, seine Gründe hat, die die Vernunft nicht kennt, so kommt dies daher, daß die letztere weniger vernünftig ist als unser Herz. Gewiß ist jeder von uns ein Narziß, der sein eigenes Bildnis liebt und verabscheut und dem jedes andere gleichgültig bleibt. Und dieser Instinkt der Ähnlichkeit leitet uns im Leben und ruft »halt!« vor einer Landschaft, einer Frau, einem Gedicht. Wir mögen manche anderen bewundern, ohne doch diese innere Erschütterung zu empfinden. Der Instinkt der Ähnlichkeit ist die einzige Lebensregel, der nichts Künstliches anhaftet. Aber in der menschlichen Gesellschaft scheinen nur die gröberen Geister nicht gegen die Moral zu verstoßen, da sie immer hinter dem gleichen Typus her sind. So sind manche Männer völlig auf die »Blonden« versessen und vergessen darüber, daß die tieferen Ähnlichkeiten oft die verborgensten sind.

Seit einigen Tagen schien Marthe zerstreut, doch nicht betrübt. Wäre sie zerstreut und betrübt gewesen, hätte ich mir diese Stimmung aus dem Herannahen des fünfzehnten Juli erklären können; zu diesem Zeitpunkt sollte sie nämlich in einem Badeort an der Kanalküste mit ihrem Mann und dessen Eltern zusammentreffen, da Jacques dort seine völlige Genesung zu finden hoffte. Jetzt war Marthe die Schweigsame, die beim leisesten Ton meiner Stimme zusammenzuckte. Sie ertrug das Unerträgliche: Familienbesuche, allen Schimpf und Hohn, die ätzenden Anzüglichkeiten ihrer Mutter und die gutmütigen Scherze ihres Vaters, der ihr einen Liebhaber zuschrieb, ohne selber daran zu glauben.

Warum ertrug sie dies alles? War es der Erfolg meiner Ermahnungen, wenn ich ihr vorgeworfen hatte, daß sie den Dingen zuviel Wichtigkeit beimesse und sich über die geringfügigsten aufrege? Sie schien glücklicher, aber es mußte ein seltsames Glück sein, worüber sie selber verlegen war und das mir nicht ganz geheuer vorkam, weil ich es nicht mit ihr teilte. Ich, der es kindisch fand, wenn Marthe mein Schweigen als einen Beweis meiner Gleichgültigkeit auslegte, beschuldigte sie nun meinerseits, mich nicht mehr zu lieben, weil sie schwieg.

Marthe wagte mir nicht zu gestehen, daß sie schwanger war.

Ich hätte diese Neuigkeit gerne glückstrahlend begrüßt. Doch konnte ich sie so rasch nicht fassen. Da ich niemals geglaubt hatte, ich könnte für irgend etwas verantwortlich werden, war ich es nun für das Ärgste. Hinzu kam mein Groll, daß ich noch nicht Manns genug war, die Sache ganz einfach in der Ordnung zu finden. Ich hatte Marthe das Geständnis ihres Zustandes entreißen müssen. Sie fürchtete, dieser Augenblick, der uns einander näherbringen sollte, könnte uns trennen. Es gelang mir so gut, mich freudig zu stellen, daß ihre Befürchtungen sich zerstreuten. Alle ihre Anschauungen waren durch und durch von der bürgerlichen Moral bestimmt, und dieses Kind bedeutete für sie, daß Gott unsere Liebe segnete, daß er kein strafwürdiges Verbrechen an uns fand.
Während Marthe ihre Schwangerschaft als ein triftiger Grund erschien, daß ich sie nun niemals verlassen dürfe, traf diese Schwangerschaft mich wie ein Schlag. Ich fand es unmöglich, ungerecht, daß wir, in unserem Alter, ein Kind hätten, das unserer Jugend Fesseln anlegte. Zum erstenmal ergab ich mich materiellen Befürchtungen: unsere Familien würden uns preisgeben.
Ich liebte dieses Kind bereits, und aus Liebe stieß ich

es zurück. Ich wollte nicht für sein schwieriges Dasein verantwortlich sein, das ich selber nicht hätte auf mich nehmen wollen.
Der Instinkt ist unser Führer; ein Führer, der uns ins Verderben führt. Gestern fürchtete Marthe, ihre Schwangerschaft könnte mich ihr entfremden. Heute glaubte sie, meine Liebe müsse wie die ihre wachsen. Ich, der ich gestern dieses Kind zurückstieß, begann heute, es zu lieben, und so entwendete ich Marthe etwas von meiner Liebe, ebenso wie mein Herz ihr zu Beginn unserer Freundschaft das zubrachte, was es andern entzog.
Wenn ich jetzt Marthes Leib mit meinen Lippen berührte, so galt dieser Kuß nicht mehr ihr, sondern meinem Kinde. Ach! Marthe war nicht länger meine Geliebte, sondern eine Mutter.
Ich betrug mich niemals mehr als ob wir allein wären. Wir hatten immer einen Zeugen bei uns, dem wir für alle unsere Taten Rechenschaft schuldeten. Es fiel mir nicht leicht, mich mit diesem Wechsel abzufinden, für den ich Marthe allein verantwortlich machte, und doch fühlte ich, daß ich ihn ihr noch weniger verziehen hätte, wenn sie mich belogen hätte. Manchmal durchfuhr mich der Verdacht, Marthe belüge mich, um unserer Liebe noch etwas Dauer zu verleihen, aber in Wirklichkeit sei ihr Sohn nicht von mir.
Wie ein Kranker, der Ruhe sucht, drehte ich mich unschlüssig von einer Seite auf die andere. Ich fühlte, daß ich nicht mehr dieselbe Marthe liebte und daß mein Sohn nur glücklich werden könnte, wenn er sich für Jacques' Kind halten durfte. Gewiß, diese Aus-

flucht bestürzte mich. Ich würde auf Marthe Verzicht leisten müssen. Andererseits mochte ich mir noch so männlich vorkommen, der neuerliche Umstand war doch zu schwerwiegend, als daß ich mich bis zu dem Glauben verstiegen hätte, eine so törichte (ich dachte: eine so kluge) Existenz für möglich zu halten.

Denn schließlich würde Jacques eines Tages heimkommen. Wie so viele andere Soldaten, die unter den ungewöhnlichen Umständen von ihren Frauen betrogen worden waren, würde auch er in sein bürgerliches Dasein zurückkehren und zu Hause eine bedrückte und fügsame Gattin vorfinden, deren unschickliche Aufführung ihm verborgen bliebe. Für dieses Kind jedoch konnte es nur dann eine Erklärung geben, wenn Marthe während der Ferien duldete, daß er sie berührte. Meine Feigheit ging so weit, ihr dies als die einzige Lösung anzuraten.
Von allen unseren Auseinandersetzungen war diese wohl die seltsamste und qualvollste. Ich war allerdings etwas verwundert, auf so wenig Widerstand zu stoßen. Später fand ich die Erklärung dafür. Marthe wagte mir nicht zu gestehen, daß Jacques während seines letzten Urlaubs einen Sieg davongetragen hatte, und während sie sich folgsam stellte, beschloß sie insgeheim, sich ihm in Granville zu verweigern, indem sie die Beschwerden ihres Zustandes vorschützte. Dieser ganze künstliche Bau komplizierte sich noch durch die Daten, deren Unstimmigkeit bei der Niederkunft niemand über den wahren Sachverhalt in Zweifel lassen würde. ›Kommt Zeit, kommt Rat‹, dachte ich

bei mir, ›Marthes Eltern werden den Skandal scheuen. Sie werden sie aufs Land bringen und die Mitteilung etwas hinauszögern.‹

Inzwischen näherte sich der Tag, an dem Marthe abreisen sollte. Diese Abwesenheit konnte mir nur dienlich sein. Es kam auf einen Versuch an. Ich hoffte, mich von Marthe zu heilen. Wenn es mir mißriet, wenn meine Liebe noch zu grün war, um sich selbst vom Zweig zu lösen, so war ich ja sicher, Marthes Treue unverändert wiederzufinden.
Ihr Zug fuhr am zwölften Juli um sieben Uhr früh. Die vorhergehende Nacht blieb ich in J . . . Auf dem Weg dorthin nahm ich mir vor, die ganze Nacht kein Auge zuzutun. Ich wollte einen solchen Vorrat an Liebkosungen aufspeichern, daß mein Verlangen nach Marthe für den Rest meiner Tage befriedigt wäre.
Ich lag noch kaum eine Viertelstunde bei ihr, als ich schon eingeschlafen war.
Für gewöhnlich störte Marthes Anwesenheit meinen Schlaf. Diesmal aber schlief ich an ihrer Seite ebenso gut und fest, wie wenn ich allein gewesen wäre.
Als ich erwachte, war sie schon auf. Sie hatte mich nicht zu wecken gewagt. So blieb mir nicht mehr als eine halbe Stunde bis zur Abfahrt des Zuges. Ich war wütend, daß mein Schlaf mich um die letzten gemeinsamen Stunden gebracht hatte, die uns noch gegönnt waren. Auch sie weinte, daß sie aufbrechen mußte. Dennoch hätte ich diese letzten Minuten gerne zu etwas anderem verwendet als dazu, unsere Tränen zu trinken.

Marthe ließ mir den Schlüssel zu ihrer Wohnung und
bat mich, oft dorthin zu kommen, an uns zu denken
und ihr an ihrem Tisch zu schreiben.

Ich hatte mir geschworen, sie nicht bis Paris zu begleiten. Aber mein Verlangen nach ihren Lippen war
zu heftig, und da ich in meiner Feigheit wünschte, ich
möchte sie weniger lieben, erklärte ich dieses Verlangen aus ihrem Scheiden, diesem »letzten Mal«, das
doch so trügerisch war, weil ich wußte, daß es ohne
ihre Einwilligung kein letztes Mal gab.
Auf dem Bahnhof von Montparnasse, wo sie ihre
Schwiegereltern treffen sollte, bedeckte ich sie mit
hemmungslosen Küssen. Ich entschuldigte dies damit,
daß es bei einem plötzlichen Auftauchen der schwie-
gerelterlichen Familie endlich zu einem entscheiden-
den Krach kommen würde.
Nach F... zurückgekehrt und gewöhnt, dort immer
nur auf den Augenblick hin zu leben, in dem ich nach
J... aufbrach, versuchte ich, mich zu zerstreuen. Ich
grub im Garten, nahm ein Buch vor, spielte mit meinen Schwestern Verstecken, was seit fünf Jahren nicht
mehr vorgekommen war. Und abends mußte ich wohl
oder übel, um keinen Verdacht zu erregen, spazieren-
gehen. Sonst war der Weg bis zur Marne mir nicht
beschwerlich gefallen. Diesen Abend aber zog er sich
in die Länge, die Kiesel schmerzten mich an den Füßen, und mein Herz pochte mir bis zum Halse hinauf.
Auf den Boden des Kahns hingestreckt, ließ ich mich
treiben und wünschte zum erstenmal in meinem Leben den Tod herbei. Aber ebenso unfähig zu sterben

wie zu leben, setzte ich meine Hoffnung auf einen barmherzigen Mörder. Ich bedauerte, daß man nicht vor Kummer, vor Schmerz sterben könne. Nach und nach leerte sich mein Kopf mit dem gurgelnden Geräusch einer Badewanne. Noch ein letztes, längeres Saugen, und der Kopf ist leer. Ich war eingeschlafen.
Die Kühle eines Julimorgens weckte mich. Fröstelnd machte ich mich auf den Heimweg. Zu Hause standen Tür und Tor sperrangelweit offen. Im Vorraum empfing mich mein Vater mit strengen Worten. Meine Mutter war unwohl gewesen: Man hatte das Zimmermädchen zu mir geschickt, um mich zu wecken, damit ich den Arzt holen sollte. Meine Abwesenheit war also für alle offenkundig.
Ich ließ diese Szene über mich ergehen und bewunderte dabei das instinktive Zartgefühl des guten Richters, der unter tausend tadelnswerten Handlungen die einzige unschuldige herausgriff, um dem Verbrecher die Möglichkeit einer Rechtfertigung zu geben. Ich rechtfertigte mich übrigens nicht, es war zu kompliziert. Ich ließ meinen Vater in dem Glauben, daß ich von J... käme, und als er mir untersagte, künftig nach dem Abendessen das Haus zu verlassen, wußte ich ihm im stillen Dank dafür, daß er sich abermals zu meinem Helfer machte und mir einen Vorwand lieferte, nicht mehr allein draußen herumstreichen zu müssen.

Ich wartete auf den Briefträger. Das war mein Lebensinhalt. Es half nichts, ich konnte sie nicht vergessen.
Marthe hatte mir ein Papiermesser geschenkt, mit der

Aufforderung, es zu gebrauchen, um ihre Briefe zu öffnen. Wie aber hätte ich es gebrauchen können? Ich war viel zu hastig. Ich riß die Umschläge auf. Jedesmal schämte ich mich und schwor mir, den nächsten Brief eine Viertelstunde unberührt zu lassen. Mit Hilfe dieser Methode hoffte ich, auf die Dauer die Herrschaft über mich selbst wiederzugewinnen und die Briefe geschlossen in meiner Rocktasche zu behalten. Doch immer wieder verschob ich diese Maßnahme auf den nächsten Tag.

Eines Tages packte mich eine solche Wut über meine Schwachheit, daß ich einen Brief ungelesen zerriß. Sowie die Papierschnitzel den Gartenweg bedeckten, warf ich mich zu Boden, um sie auf allen vieren wieder aufzulesen. Der Brief enthielt eine Photographie von Marthe. Ich, der so abergläubisch war und der in jede Kleinigkeit eine verhängnisvolle Vorbedeutung legte, ich hatte dieses Antlitz zerrissen! Ich sah eine Warnung des Himmels darin. Meine Erregung legte sich erst, als es mir in vierstündiger Arbeit gelungen war, Brief und Bild Stück um Stück wieder zusammenzukleben. Noch nie hatte ich so viel Sorgfalt auf etwas verwandt. Die Furcht, Marthe könnte ein Unglück zustoßen, hielt mich über dieser unsinnigen Arbeit fest, die mir derart auf die Nerven ging, daß die Schnitzel vor meinen Augen zu tanzen anfingen.
Ein Spezialist hatte Marthe Seebäder angeraten. Obwohl ich mir niederträchtig vorkam, hatte ich ihr das öffentliche Baden verboten, da ich nicht wollte, daß andere ihren Körper sahen.

Da aber Marthe nun einmal einen Monat in Granville verbringen sollte, so begrüßte ich es schließlich sogar, daß Jacques dabei war. Ich entsann mich der nichtssagenden Photographie, die Marthe mir am Tage unseres gemeinsamen Möbeleinkaufs gezeigt hatte. Nichts flößte mir solche Befürchtungen ein, wie die jungen Männer am Strand. Ich hielt sie im voraus für schöner, kräftiger, eleganter als mich.

Ihr Mann würde sie vor ihnen schützen.

Wie ein Betrunkener, der jedem um den Hals fällt, träumte ich in gewissen Augenblicken der Rührseligkeit von einem Brief, den ich Jacques schreiben würde, um ihm darin zu gestehen, daß ich Marthes Geliebter wäre, und um sie in dieser meiner Eigenschaft seiner Obhut anzuempfehlen. Manchmal beneidete ich Marthe um unser beider Zuneigung und Verehrung. Sollten wir uns nicht gemeinsam bemühen, sie glücklich zu machen? Wenn das über mich kam, fühlte ich mich als nachsichtiger Liebhaber. Ich hätte Jacques gerne kennengelernt, ihm alles erklärt und ihm dargelegt, warum wir nicht aufeinander eifersüchtig sein dürften. Dann plötzlich sorgte der Haß dafür, daß diese Sanftmütigkeit wieder verschwand.

In jedem ihrer Briefe bat Marthe mich, ihre Wohnung aufzusuchen. Ihr Drängen erinnerte mich an eine meiner Tanten, die sehr fromm war und mir immer Vorwürfe machte, daß ich niemals das Grab meiner Großmutter besuchte. Ich mache mir nun einmal nichts aus solchen Pilgerfahrten. Diese langweiligen Pflichterfüllungen binden den Tod, die Liebe an eine bestimmte Stelle.
Kann man denn an eine Verstorbene oder an seine abwesende Geliebte nirgend woanders denken als auf einem Friedhof oder in einem bestimmten Zimmer? Ich versuchte nicht, Marthe dies auseinanderzusetzen und erzählte ihr, daß ich oft in ihre Wohnung käme; ebenso wie ich meiner Tante erzählte, daß ich den Friedhof besucht hätte. Trotzdem sollte ich einmal in Marthes Wohnung gehen; allerdings unter den seltsamsten Umständen.
Ich traf eines Tages in der Bahn jenes junge schwedische Mädchen, dem man brieflich abgeraten hatte, Marthe wiederzusehen. Meine Vereinsamung ließ mich an den Kindereien dieser kleinen Person ein gewisses Gefallen finden. Ich schlug ihr vor, sie möchte doch anderntags heimlich zu uns nach J . . . zum Kaffee kommen. Ich verschwieg ihr Marthes Abwesenheit,

damit sie nicht scheu würde, und fügte sogar hinzu, wie sehr Marthe sich freuen werde, sie wiederzusehen. Ich darf versichern, daß ich noch nicht recht wußte, was ich eigentlich vorhatte. Ich handelte wie jene Kinder, die, wenn sie einander kennenlernen, sich gegenseitig in Erstaunen zu setzen suchen. Ich konnte dem Verlangen nicht widerstehen, auf Sveas Engelsgesicht den Ausdruck der Überraschung oder des Zornes zu lesen, wenn ich ihr wohl oder übel Marthes Abwesenheit eingestehen mußte.

Ja, es war wohl diese kindische Lust, den andern in Erstaunen zu versetzen, denn mir fiel gar nichts Besonderes ein, was ich ihr hätte sagen können; sie hingegen besaß für mich einen gewissen exotischen Reiz und überraschte mich mit jedem Satz. Nichts ist köstlicher als eine solche plötzliche Intimität zwischen Personen, die sich nur notdürftig verständigen können. An ihrem Halse trug sie ein kleines goldenes Kreuz mit blauer Schmelzarbeit, welches auf ein ziemlich häßliches Kleid herabhing, das ich mir nach meinem Geschmack zurechtdachte. Eine richtige lebende Puppe. Und ich fühlte, wie mein Verlangen immer heftiger wurde, dieses Tête-à-tête anderswo zu erneuern als in einem Eisenbahnabteil.

Sie wirkte ein wenig, als käme sie eben aus einer Klosterschule; doch wurde dieser Eindruck leider durch ihr Betragen wieder abgeschwächt: Sie besuchte nämlich – und benahm sich auch entsprechend – eine Handelsschule, wo sie sich täglich eine Stunde lang, ohne nennenswerten Erfolg, mit der Erlernung der französischen Sprache und der Handhabung der

Schreibmaschine plagte. Sie zeigte mir ihre maschinengeschriebenen Hausaufgaben. Sie wimmelten von Fehlern, die der Lehrer am Rand verbessert hatte. Schließlich öffnete sie eine Handtasche, die sie offenbar selber gearbeitet hatte, und entnahm ihr ein Zigarettenetui, das mit einer Grafenkrone geziert war. Sie bot mir eine Zigarette an. Sie selber sei Nichtraucherin, trage aber dieses Etui immer bei sich, da ihre Freundinnen rauchten. Sie erzählte mir von schwedischen Bräuchen, und ich tat, als seien sie mir geläufig: Johannisnacht, Preiselbeerkompott. Dann zog sie aus ihrer Handtasche eine Photographie ihrer Zwillingsschwester hervor, die sie eben gestern aus Schweden erhalten habe: Sie saß ganz pudelnackt zu Pferde und trug einen Zylinderhut ihres Großvaters auf dem Kopf. Ich wurde feuerrot. Ihre Schwester glich ihr so sehr, daß ich sie im Verdacht hatte, sie wolle sich über mich lustig machen, und glaubte, sie zeige mir ihr eigenes Bild. Ich biß mir die Lippen, um das Verlangen zu beschwichtigen, diesen kleinen Schalk abzuküssen. Ich muß wohl ein recht grimmiges Gesicht gemacht haben, denn ich sah, wie sie sich ängstigte und nach der Notbremse schielte.

Anderntags traf sie um vier Uhr in Marthes Wohnung ein. Ich sagte ihr, Marthe sei in Paris, müsse aber jeden Augenblick zurückkommen. Und ich fügte hinzu: »Sie hat mir ausdrücklich verboten, Sie fortgehen zu lassen, ehe sie nicht zurück ist.« Ich wollte ihr meine Kriegslist erst eingestehen, wenn es schon zu spät war.

Zum Glück war sie ein Leckermaul. Meine Naschsucht hingegen nahm eine ganz ungewöhnliche Form an. Ich hatte keine Lust auf die Torte, das Erdbeereis, sondern wünschte nur, selber Torte und Eis zu sein, denen ihr Mund sich näherte. Der meine vollführte dabei unwillkürlich die wunderlichsten Grimassen.

Nicht aus Lasterhaftigkeit begehrte ich Svea, sondern aus Naschsucht. Wenn ich ihre Lippen nicht bekommen konnte, hätten mir ihre Wangen auch schon genügt.

Wenn ich mit ihr sprach, suchte ich jede Silbe recht deutlich auszusprechen, damit sie mich auch genau verstand. Doch unsere Kindermahlzeit machte mir einen solchen Spaß, daß ich, der sonst so Schweigsame, mich ärgerte, nicht rascher sprechen zu können. Es war mir nach Geplapper zumute, nach kindlichen Vertraulichkeiten. Ich näherte mein Ohr ihrem Munde. Ich trank ihre winzigen Worte.

Ich hatte sie genötigt einen Likör zu trinken. Dann tat sie mir leid wie ein Vogel, den man berauscht hat.

Ich hoffte, ihr leichter Schwips würde mein Vorhaben begünstigen, denn es war mir an sich gleichgültig, ob sie mir ihre Lippen aus freiem Antrieb oder halb gezwungen überließ. Ich sagte mir zwar, wie unschicklich diese Szene in Marthes Wohnung sei, dann aber beruhigte ich mich wieder bei dem Gedanken, daß unserer Liebe eigentlich nichts dadurch entzogen würde. Ich begehrte Svea wie eine Frucht, und darauf konnte eine Geliebte doch unmöglich eifersüchtig sein.

Ich hielt ihre Hand zwischen meinen Händen, die mir recht tollpatschig vorkamen. Ich hätte sie entkleidet, sie in meinen Armen wiegen wollen. Sie streckte sich auf dem Diwan aus. Ich erhob mich, beugte mich über die Stelle ihres flaumigen Haaransatzes. Ich schloß aus ihrem Schweigen nicht, daß meine Küsse ihr Vergnügen bereiteten, daß in ihrem Unvermögen, sich zu entrüsten, fand sie keine höfliche Manier, mich auf Französisch abzuweisen. Jedesmal, wenn ich sie leicht in die Wange biß, war ich darauf gefaßt, daß mir ein zuckriger Saft entgegenquellen werde wie aus einem Pfirsich.

Endlich küßte ich sie auf den Mund. Sie hielt den Mund geschlossen, drückte die Augen zu und ließ meine Liebkosungen geduldig wie ein Opferlamm über sich ergehen. Als einzige Zeichen ihrer Weigerung wandte sie ihren Kopf mit einer schwachen Bewegung unaufhörlich von rechts nach links und wieder von links nach rechts. Ich täuschte mich nicht darüber, doch mein Mund fand darin die Illusion einer Erwiderung. Ich blieb bei ihr, wie ich noch niemals bei Marthe geblieben war. Dieser Widerstand, der keiner war, schmeichelte meiner Kühnheit und meiner Trägheit. Ich war einfältig genug, anzunehmen, das Weitere werde sich gleichfalls ergeben, so daß einer raschen Vergewaltigung nichts im Wege stand.

Ich hatte noch niemals eine Frau ausgezogen; bisher war ich eher von ihnen ausgezogen worden. So stellte ich mich dementsprechend linkisch an und begann damit, ihr Schuh und Strümpfe abzuziehen. Ich küßte ihre Füße und ihre Beine. Aber als ich ihre Bluse aufhaken wollte, wehrte sich Svea wie ein kleiner Teufel, der nicht zu Bett gehen will, und den man mit Gewalt entkleiden muß. Sie strampelte mit den Beinen und trat nach mir. Ich fing ihre Füße im Fluge ab, schloß sie in meine Hände ein, bedeckte sie mit Küssen. Aber endlich kam die Sattheit, wie auch die Naschsucht nachläßt, wenn man zuviel Schlagrahm und Süßigkeiten gegessen hat. Wohl oder übel mußte ich ihr meine List gestehen, und daß Marthe verreist war. Ich nahm ihr das Versprechen ab, wenn sie Marthe begegnete, ihr niemals etwas von unserem Zusammensein zu sagen. Ich gestand ihr nicht, daß ich Marthes Liebhaber war, ließ es aber durchblicken. Die Lust am Geheimnis veranlaßte sie, »Auf morgen!« zu antworten, als ich, dessen Verlangen nach ihr schon gesättigt war, sie aus Höflichkeit fragte, ob wir uns einmal wiedersehen würden.

Ich kehrte nicht wieder in Marthes Wohnung zurück. Und vielleicht kam auch Svea nicht und läutete vergeblich an der verschlossenen Türe. Ich empfand wohl, wie tadelnswert meine Aufführung der gängigen Moral nach erscheinen mußte. Denn es waren ja nur die äußeren Umstände, die mir Svea so köstlich erscheinen ließen. Hätte ich sie anderswo als in Marthes Zimmer überhaupt begehrt?
Aber ich empfand keine Gewissensbisse. Und nicht Marthes wegen gab ich die kleine Schwedin auf, sondern weil ich alle Süße aus ihr gesogen hatte.

Einige Tage später kam ein Brief von Marthe. Er enthielt ein Schreiben ihres Hausherrn, der ihr mitteilte, sein Haus sei kein Absteigequartier, und ich hätte mich des Schlüssels zu ihrer Wohnung bedient, um eine Frau mitzubringen. »Da habe ich den Beweis, wie du mich verrätst«, fügte Marthe hinzu. Sie wolle mich niemals wiedersehen. Gewiß, sie würde leiden, doch lieber leiden als so schmählich hintergangen werden!

Ich wußte, wie harmlos diese Drohungen waren, und daß eine Lüge oder notfalls sogar die Wahrheit genügen würde, sie unschädlich zu machen. Was mich verdroß, war nur, daß Marthe in einem Brief, in dem sie mir ihre Liebe aufkündigte, nicht mit dem Selbstmord drohte. Ich beschuldigte sie der Lauheit. Das war in meinen Augen kein Abschiedsbrief wie er sich gehörte. Ich hätte in einer ähnlichen Lage zwar auch keine Selbstmordabsichten gehabt, hätte mich aber aus Schicklichkeitsgründen doch für verpflichtet gehalten, Marthe damit zu drohen. Ein untrügliches Zeichen meiner Jugend und des Pennals: ich glaubte, der Kodex der Leidenschaft fordere gewisse Lügen.

In meiner Ausbildung zur Liebe sah ich mich nun vor eine neue Aufgabe gestellt: Marthe meine Unschuld darzutun und gegen sie Klage zu führen, daß sie mir weniger Vertrauen schenke als ihrem Hausherrn. Ich legte ihr dar, wie geschickt dieser Schachzug der Marins wäre. Svea sei allerdings eines Tages sie besuchen gekommen, während ich an ihrem Tisch saß und schrieb, und als ich das junge Mädchen durch das Fenster bemerkte, hätte ich, da ich ja wußte, daß man sie von Marthe fernzuhalten suchte, ihr nur aufgemacht, weil ich nicht wollte, daß sie des Glaubens wäre, Marthe zürne ihr wegen dieser quälenden Trennung. Sicher

wäre sie heimlich gekommen und unter Überwindung zahlreicher Schwierigkeiten.
So konnte ich Marthe wenigstens melden, daß Sveas Herz ihr noch immer gehöre. Und ich schloß mit der Versicherung, welch ein Trost es für mich gewesen sei, in ihrer eigenen Wohnung mit ihrer intimsten Freundin von ihr sprechen zu können.

Dieser Schreckschuß ließ mich die Liebe verfluchen, die uns nötigt, von unseren Handlungen Rechenschaft abzulegen, während ich am liebsten niemals jemand Rechenschaft gegeben hätte, weder mir noch anderen.
Die Liebe muß doch große Vorteile bieten, sagte ich mir, daß alle Menschen ihr ihre Freiheit ausliefern. Ich wünschte mir, bald stark genug zu sein, um der Liebe entraten zu können und derart auf keine meiner Begierden verzichten zu müssen. Ich wußte noch nicht, daß es, Knechtschaft hin Knechtschaft her, immer noch besser ist, der Sklave seines Herzens als seiner Sinne zu sein.

Wie die Biene ihren Honig sammelt und den Stock bereichert – so bereichert der Liebende seine Liebe mit allen Begierden, die ihn auf der Straße anwandeln. Er läßt sie der Geliebten zugute kommen. Ich hatte jene Disziplin noch nicht entdeckt, die auch den treulosen Naturen die Treue ermöglicht. Wenn ein Mann ein Mädchen begehrt und die Glut dieser Begierde der geliebten Frau zuwendet, so wird sein heftigeres, weil unbefriedigtes Verlangen diese Frau glauben machen, sie sei niemals stärker geliebt worden. Man betrügt sie, aber die Moral bleibt dem Schein nach gewahrt. Bei solchen Berechnungen beginnt schon die Unzucht. Man fälle daher kein allzu rasches Verdammungsurteil über gewisse Männer, die imstande sind, ihre Geliebte in der Zeit ihrer stärksten Liebe zu ihr zu betrügen; man beschuldige sie nicht der Leichtfertigkeit. Der eben genannte Behelf ist ihnen zuwider, und sie kommen gar nicht auf den Gedanken, ihr Glück und ihre Vergnügungen zu verwechseln.

Marthe hatte erwartet, daß ich mich rechtfertigte. Sie bat mich flehentlich, ihr ihre Vorwürfe zu vergeben. Ich tat es, nicht ohne einige Umstände zu machen. Sie schrieb ihrem Hausherrn und ersuchte ihn mit ironischen Worten, er möge nichts dawider haben, daß ich in ihrer Abwesenheit einer ihrer Freundinnen die Türe öffne.

Als Marthe in den letzten Augusttagen zurückkam, wohnte sie nicht in J . . ., sondern zog in das Haus ihrer Eltern, die noch länger fortblieben. Diese neue Umgebung, in der Marthe ihr ganzes Leben verbracht hatte, wirkte wie ein Aphrodisiakum auf mich. Der Überdruß der Sinne, der heimliche Wunsch, allein zu schlafen, verschwanden. Ich verbrachte keine Nacht mehr bei meinen Eltern. Ich brannte lichterloh, ich hatte es eilig, wie jemand, dem ein früher Tod bestimmt ist und der von allem doppelte Bissen nimmt. Ich wollte Marthe noch genießen, ehe die Mutterschaft sie verunstaltete.

Dieses Jungmädchenzimmer, zu dem sie Jacques den Zutritt verweigert hatte, war unser Zimmer. Über ihrem schmalen Bett hing ein Bild, das sie als Erstkommunikantin zeigte, und gerne ließ ich meine Augen darauf ruhen. Ich nötigte sie auch, eine andere Photographie von ihr, ein Kinderbild, längere Zeit zu betrachten, damit unser Kind ihr gliche. Mit Entzücken durchstöberte ich dieses Haus, wo sie geboren und aufgewachsen war. In einer Rumpelkammer stieß ich auf ihre Wiege, von der ich wünschte, daß sie wieder in Gebrauch genommen würde, und ich veranlaßte sie, ihre Kinderjäckchen, ihre kleinen Höschen, die Reliquien der Grangiers, hervorzukramen.

Ich trauerte der Wohnung in J . . . nicht nach, wo die Möbel nicht diesen Zauber des häßlichsten Familienmobiliars besaßen. Sie konnten mich nichts lehren. Hier hingegen erzählten mir alle diese Möbel, an denen Marthe sich vielleicht als Kind den Kopf gestoßen hatte, von ihr und ihrem Leben. Und außerdem lebten wir allein, ohne Stadtrat, ohne Hausherrn. Wir taten uns keinen größeren Zwang an als die Wilden und gingen in dem Garten, der wahrhaft eine einsame Insel für uns war, beinahe nackt spazieren. Wir streckten uns auf dem Rasen aus, vesperten unter einer Laube von Klematis, Geißblatt und wildem Wein. Mund an Mund machten wir uns die geplatzten Pflaumen streitig, die ich noch sonnenwarm auflas. Mein Vater hatte niemals erreichen können, daß ich mich wie meine Brüder um mein Stück Garten kümmerte, aber nun nahm ich mich Marthes Garten an. Ich harkte, jätete das Unkraut aus. Am Abend eines heißen Tages erfüllte es mich mit dem gleichen berauschenden Mannesstolz, den Durst der Erde, der schmachtenden Blumen zu stillen, wie das Verlangen eines Weibes zu befriedigen. Ich hatte die Güte immer ein wenig albern gefunden: Nun begriff ich ihre wahre Kraft. Die Blumen entfalteten sich dank meiner Pflege, die Hühner schlummerten im Schatten, nachdem ich ihnen Körner gestreut hatte: welche Güte! – Welcher Egoismus! Wenn die Blumen verwelkt, die Hühner abgemagert wären, hätte das die Heiterkeit unserer Liebesinsel getrübt. Wasser und Körner, die ich ausspendete, galten mehr mir als den Blumen und Hühnern.

In diesem Herzensfrühling vergaß ich oder verachtete ich meine jüngsten Entdeckungen. Ich hielt die Unzucht, zu der dieses Familienheim mich anreizte, für das Ende der Unzucht. Und so waren diese letzte Augustwoche und dieser Septembermonat die einzige Zeit eines wirklichen Glückes für mich. Ich verstellte mich nicht mehr, verletzte weder mich noch Marthe. Alle Hindernisse waren wie verschwunden. Mit sechzehn Jahren malte ich mir ein Leben aus, wie man es sich in reifen Jahren wünscht. Wir würden auf dem Lande leben und dort ewig jung bleiben.

Auf dem Rasen an sie gelehnt und ihr Gesicht mit einem Grashalm streichelnd, erläuterte ich Marthe mit bedachtsamem Ernst, wie ich mir unser künftiges Leben vorstellte. Seit ihrer Rückkehr suchte Marthe in Paris eine Wohnung für uns. Ihre Augen wurden feucht, als ich ihr erklärte, daß ich auf dem Lande leben wollte: »Ich hätte nie gewagt, es dir vorzuschlagen«, sagte sie. »Ich glaube, du würdest dich langweilen, allein mit mir, und du brauchtest die Stadt.« »Wie schlecht du mich kennst«, antwortete ich. Ich hätte gerne in der Nähe von Mandres gewohnt, wohin wir eines Tages auf einer Spazierfahrt gekommen waren und wo man Rosen züchtet. Wenn wir seither manchmal, nachdem wir in Paris zu Abend gegessen hatten, den letzten Zug nehmen mußten, hatte ich den Duft dieser Rosen geatmet. Auf dem Bahnhofsgelände werden riesige Kübel ausgeladen, die einen betäubenden Wohlgeruch verströmen. Schon als Kind hatte ich immer von diesem geheimnisvollen Rosenzug erzäh-

len hören, der um eine Zeit verkehrt, zu der die Kinder schlafen.
Marthe sagte: »Die Rosen blühen nur eine Jahreszeit lang. Fürchtest du nicht, Mandres nachher häßlich zu finden? Wäre es nicht gescheiter, einen weniger hübschen Ort zu wählen, der aber seinen Reiz behält?«
Das sah mir ähnlich. Das Verlangen danach, zwei Monate lang die Rosen zu genießen, ließ mich die zehn übrigen Monate vergessen, und der Umstand, daß ich ausgerechnet auf Mandres verfallen war, lieferte mir einen weiteren Beweis für die flüchtige Dauer unserer Liebe.

Oft schützte ich zu Hause einen Spaziergang oder eine Einladung vor und blieb auch zum Abendessen bei Marthe.
Eines Nachmittags traf ich einen jungen Mann in Fliegeruniform bei ihr an. Es war ihr Vetter. Marthe, die ich bei der Begrüßung nicht duzte, erhob sich und kam mir entgegen, um mich in den Nacken zu küssen. Ihr Vetter lächelte über meine Verlegenheit. »Vor Paul brauchen wir uns keinen Zwang anzutun, Liebster. Ich habe ihm alles erzählt.« Ich war verlegen, doch zugleich begeistert, daß Marthe ihrem Vetter ihre Liebe zu mir gestanden hatte. Dieser liebenswürdige und oberflächliche junge Mann, der nichts anderes im Kopf hatte als den vorschriftsmäßigen Sitz seiner Uniform, schien von dieser Liebe entzückt. Für ihn war sie ein prächtiger Streich, der Jacques gespielt wurde, den er verachtete, weil er weder Flieger noch ständiger Barbesucher war.

Paul beschwor alle jene Kindergesellschaften herauf, deren Schauplatz dieser Garten gewesen war. Ich stellte eine Menge Fragen, voller Begier nach dieser Unterhaltung, denn sie zeigte mir Marthe in einem unerwarteten Licht. Und gleichzeitig betrübten mich diese Erinnerungen. Ich war der Kindheit noch zu nahe, um ihre Spiele vergessen zu haben, die die Erwachsenen nicht kennen; sei es nun, weil sie als Eltern keine Erinnerung mehr daran haben, sei es, weil sie ihnen nur als ein unvermeidliches Übel erscheinen. Ich war auf Marthes Vergangenheit eifersüchtig.
Als wir Paul unter Gelächter von dem Haß des Hausherrn erzählten und ihm die Party der Marins schilderten, bot er uns gutgelaunt seine Junggesellenwohnung in Paris an.
Mir fiel auf, daß Marthe ihm nichts von unserem Plan eines gemeinsamen Lebens zu gestehen wagte. Man merkte, daß er unsere Liebe begünstigte, solange er sie für einen Zeitvertreib hielt, daß er aber mit den Wölfen heulen würde, sobald es zu einem öffentlichen Skandal käme.
Marthe erhob sich vom Tisch und trug auf. Die Dienstboten waren Frau Grangier aufs Land gefolgt, denn Marthe hatte aus Vorsicht immer behauptet, am liebsten wie ein Robinson zu leben. Ihre Eltern hielten sie für »romantisch«, und da sie glaubten, die romantischen Seelen glichen den Verrückten, denen man nicht widersprechen darf, so ließen sie ihre Tochter allein.
Wir blieben lange bei Tisch. Paul holte die besten Flaschen aus dem Keller. Wir waren sehr lustig, von

einer Lustigkeit, die wir gewiß bereuen würden, denn Paul betrug sich wie jemand, den man zum Vertrauten eines gewöhnlichen Ehebruchs gemacht hat. Er spottete über Jacques. Wenn ich dazu schwieg, lief ich Gefahr, ihn seinen Mangel an Takt spüren zu lassen; ich stimmte daher lieber mit ein, um diesen gefälligen Vetter nicht zu demütigen.
Als wir auf die Uhr sahen, war es bereits zu spät für den letzten Zug nach Paris. Marthe schlug Paul vor, über Nacht zu bleiben. Er willigte ein. Ich sah Marthe mit einem fragenden Blick an, so daß sie hinzufügte: »Aber selbstverständlich, du bleibst, Liebster!« Ich kam mir vor wie Marthes Gatte, der im eigenen Hause einen Vetter seiner Frau empfängt, als Paul uns auf der Schwelle zu unserem Zimmer gute Nacht wünschte und seine Kusine auf die natürlichste Weise von der Welt auf beide Wangen küßte.

Als der September zu Ende ging, fühlte ich wohl, daß ich mit dem Abschied von diesem Haus auch von meinem Glück Abschied nehmen würde. Noch eine Gnadenfrist von wenigen Monaten, und wir mußten uns entscheiden, entweder in der Lüge oder in der Wahrheit zu leben, ohne daß es uns in einem Falle wohler gewesen wäre als im andern. Da es darauf ankam, daß Marthes Eltern sie nicht vor ihrer Niederkunft im Stich ließen, wagte ich endlich die Frage, ob sie Frau Grangier von ihrer Schwangerschaft in Kenntnis gesetzt habe. Sie bejahte dies und fügte hinzu, daß sie auch Jacques davon unterrichtet habe. Ich hatte also Gelegenheit festzustellen, daß sie mich manchmal belog, denn im Mai, nach Jacques Urlaub, hatte sie mir geschworen, daß er sich ihr nicht genähert habe.

Die Nacht brach nun immer früher ein; und die abendliche Frische verhinderte unsere Spaziergänge. Es war auch zu schwierig geworden, sich in J... zu treffen. Damit es nicht zu einem öffentlichen Skandal kam, mußten wir mit der Behutsamkeit von Dieben vorgehen und auf der Straße lauern, bis die Marins und der Hausherr ausgegangen waren.

Die trübe Stimmung dieses Oktobers, die frischen Abende, die doch nicht kalt genug waren, um ein Feuer anzulegen, veranlaßten uns, schon um fünf Uhr nachmittags das Bett aufzusuchen. Wenn man sich bei meinen Eltern tagsüber ins Bett legte, bedeutete dies, daß man krank war; so bereitete mir dieses Fünf-Uhr-Bett ein besonderes Vergnügen. In meiner Vorstellung waren wir die einzigen, die um diese Zeit im Bett lagen: Ich war allein mit ihr und rührte mich nicht inmitten einer betriebsamen Welt. Wenn Marthe nackt war, wagte ich sie kaum noch zu betrachten. Was für ein Ungeheuer war ich doch! Reue ergriff mich über das edelste Werk des Mannes. Marthes Anmut verwüstet zu haben, mitansehen zu müssen, wie ihr Leib schwer und unförmig wurde, gab mir das Gefühl, wie ein Vandale gehandelt zu haben. Wenn ich sie zu Beginn unserer Liebe biß, sagte sie da nicht:

»Zeichne mich!«? Hatte ich sie nun nicht auf die ärgste Art gezeichnet?
Marthe war mir jetzt nicht nur die meistgeliebte aller Frauen, was nicht unbedingt soviel heißt wie die bestgeliebte, sie war mein ein und alles. Ich dachte nicht einmal an meine Freunde; ich fürchtete sie eher, da ich wohl wußte, daß sie uns einen Dienst zu erweisen glauben, wenn sie uns von unserem Wege abbringen. Glücklicherweise finden sie unsere Freundinnen unerträglich und unserer unwürdig. Das ist unser einziger Schutz. Wenn sich das ändert, so besteht die Gefahr, daß sie bald die ihrigen werden.

Mein Vater begann sich ernstlich Sorgen zu machen. Aber da er mich immer gegen seine Schwester und meine Mutter in Schutz genommen hatte, wollte er nicht, daß es so aussah, als leiste er Widerruf, und so schlug er sich denn, ohne es ihnen eigens zu sagen, auf ihre Seite. Mir gegenüber erklärte er sich zu allem entschlossen, um mich von Marthe zu trennen. Er würde ihre Eltern, ihren Mann von dem Vorgefallenen in Kenntnis setzen... Anderntags ließ er mir wieder meine Freiheit.
Ich erriet seine Schwächen. Ich machte sie mir zunutze. Ich wagte ihm zu antworten. Ich machte ihm die gleichen Vorwürfe wie meine Mutter und meine Tante, die ihm vorhielten, daß er seine Autorität zu spät geltend mache. Hatte er nicht gewollt, daß ich Marthe kennenlernte? Nun machte er sich selber Vorwürfe. Eine tragische Atmosphäre strich durch das Haus. Welch ein Beispiel für meine beiden Brüder! Mein Vater sah schon den Tag voraus, da er ihnen machtlos gegenüberstünde, wenn sie ihre schlechte Aufführung mit der meinen rechtfertigen würden.
Bisher hatte er unser Verhältnis für eine bloße Liebelei gehalten, doch da fielen meiner Mutter abermals einige Briefe in die Hände. Triumphierend brachte sie

ihm diese Beweisstücke ihres Prozesses. Es war darin von unserer Zukunft die Rede und von unserem Kind!
Meine Mutter betrachtete mich noch viel zu sehr als ein Baby, als daß ich ihr vernünftigerweise einen Enkel oder eine Enkelin in die Welt setzen konnte. Es kam ihr ganz unmöglich vor, in ihrem Alter schon Großmutter zu sein. Dies war im Grunde auch der schlüssigste Beweis, daß dieses Kind nicht von mir war.
Die Anständigkeit kann mit den niedrigsten Gefühlen zusammengehen. Meine Mutter, die eine grundanständige Frau war, konnte sich gar nicht vorstellen, daß eine Frau ihren Mann betrog. Diese Tat zeugte in ihren Augen von einer solchen Verworfenheit, daß es sich dabei nicht um Liebe handeln konnte. Daß ich Marthes Geliebter war, bedeutete für meine Mutter, daß sie sicher noch andere Liebhaber hatte. Mein Vater, der wohl wußte, wie irrig eine solche Schlußfolgerung sein konnte, benutzte dieses Argument dennoch, um mein Gemüt zu verstören und Marthe herabzusetzen. Er ließ durchblicken, ich sei der einzige, der nicht »Bescheid wisse«. Ich entgegnete, daß man diese Verleumdung nur wegen ihrer Liebe zu mir ausgestreut habe. Mein Vater, der doch nicht wollte, daß ich mir diese Gerüchte zunutze machte, versicherte mir, daß sie noch aus der Zeit vor unserer Liebe, ja sogar vor ihrer Heirat stammten.

Nachdem er lange Zeit das Ansehen unseres Hauses nach außen hin gewahrt hatte, ließ er nun alle Zurückhaltung fahren: Wenn ich mehrere Tage hintereinander ausgeblieben war, schickte er das Zimmermädchen zu Marthe, mit ein paar Zeilen, in denen er mich aufforderte, unverzüglich nach Hause zu kommen; andernfalls werde er meine Flucht der Polizei melden und gegen Frau L. Klage wegen Verführung Minderjähriger anstrengen.

Marthe wahrte den Schein, stellte sich höchst überrascht und sagte dem Zimmermädchen, sie werde mir das Kuvert bei meinem nächsten Besuch aushändigen. Kurz darauf kehrte ich nach Hause zurück. Ich verfluchte mein Alter; es hinderte mich, mir selbst zu gehören. Mein Vater öffnete den Mund nicht, auch meine Mutter schwieg. Ich durchforschte das Gesetzbuch, ohne die Bestimmungen hinsichtlich der Minderjährigen zu finden. Mit einer bemerkenswerten Sorglosigkeit bedachte ich nicht, daß meine Aufführung mich in eine Besserungsanstalt bringen konnte. Endlich, nachdem ich das Gesetzbuch vergeblich durchblättert hatte, wandte ich mich an das Konversationslexikon und las zehnmal den Artikel »Minderjähriger«, ohne etwas unseren Fall Betreffendes zu entdecken.

Anderntags ließ mein Vater mir abermals meine Freiheit.

Wer die Gründe seines seltsamen Verhaltens zu erfahren wünscht, dem möchte ich sie in drei Zeilen zusammenfassen: Er ließ mich tun und lassen, was ich wollte. Dann schämte er sich dessen. Er wurde wütend, mehr über sich selbst als über mich, und stieß Drohungen aus. Dann schämte er sich, so in Zorn geraten zu sein, und diese Scham bewirkte, daß er die Zügel wieder schießen ließ.

Inzwischen hatte auch Frau Grangier begonnen, Verdacht zu schöpfen, als die Nachbarn nach ihrer Rückkehr vom Lande allerlei hinterhältige Fragen an sie richteten. Indem sie sich stellten, als hielten sie mich für einen Bruder von Jacques, unterrichteten sie Frau Grangier von unserem Zusammenleben. Und da anderseits Marthe sich nicht enthalten konnte, meinen Namen bei dem geringsten Anlaß im Munde zu führen, bald dies, bald jenes zu berichten, was ich gesagt oder getan hatte, so blieb ihre Mutter über die Persönlichkeit dieses Bruders nicht lange im unklaren.

Sie ließ auch dies noch hingehen, da sie fest überzeugt war, das Kind, für dessen Vater sie Jacques hielt, werde dem Abenteuer ein Ende bereiten. Und sie schwieg auch Herrn Grangier gegenüber, aus Furcht vor einem Familienkrach. Aber sie legte sich dieses Stillschweigen als Seelengröße aus, von der Marthe unbedingt erfahren mußte, um ihr Dank dafür zu wissen. Um ihrer Tochter zu zeigen, daß sie Bescheid wisse, setzte sie ihr unaufhörlich zu, erging sich in dunklen Anspielungen und benahm sich dabei so ungeschickt, daß Herr Grangier, wenn er mit seiner Frau allein war, sie bat, die arme unschuldige Kleine doch zu schonen, da diese fortwährenden Verdächtigungen ihr ja den Kopf verdrehen müßten. Worauf Frau Grangier sich zur Entgegnung bisweilen mit einem bloßen Lächeln begnügte, um dadurch anzudeuten, daß ihre Tochter längst alles gestanden habe.

Dieses Betragen und auch ihr früheres Verhalten während Jacques' erstem Urlaub, lassen mich vermuten, daß Frau Grangier, auch wenn sie Marthes Aufführung durchaus mißbilligte, um der einzigen Genugtuung willen, ihren Mann und ihren Schwiegersohn ins Unrecht zu setzen, diesen beiden gegenüber dennoch Marthes Partei ergriffen hätte. Im Grunde bewunderte Frau Grangier ihre Tochter, daß sie ihren Mann betrog, was sie selber niemals gewagt hatte, sei es aus Gewissenhaftigkeit, sei es aus mangelnder Gelegenheit. Marthe rächte sie nun dafür, daß sie, wie sie glaubte, eine unverstandene Frau geblieben war. In ihrer albernen Verstiegenheit beschränkte sie sich darauf, es ihr zu verübeln, daß sie ausgerechnet einen Burschen von meinem Alter lieben mußte, dem jedes Verständnis für das »weibliche Zartgefühl« abging.

Die Lacombes, die Marthe immer seltener besuchte, waren, da sie in Paris wohnten, völlig ahnungslos. Nur daß ihnen Marthe jedesmal wunderlicher vorkam und ihnen immer mehr mißfiel. Sie waren wegen der Zukunft in Sorge. Sie fragten sich, wie diese Ehe in ein paar Jahren aussehen werde. Alle Mütter haben grundsätzlich keinen größeren Wunsch als ihre Söhne verheiratet zu sehen, mißbilligen jedoch stets die Frau ihrer Wahl. Jacques' Mutter bedauerte also ihren Sohn, daß er an eine solche Frau geraten war. Fräulein Lacombes Verleumdungen entsprangen hauptsächlich dem Umstand, daß Marthe als einzige über eine ziemlich weit gediehene Liebschaft ihrer Schwägerin Bescheid wußte, die in den gleichen Sommer fiel, wo sie Jacques an der See kennengelernt hatte. Diese Schwester prophezeite dem Ehepaar eine düstere Zukunft und behauptete, Marthe werde ihren

Mann unfehlbar betrügen, falls dies nicht schon geschehen sei.

Die Art, wie seine Gattin und Tochter über Marthe herzogen, nötigten den guten Herrn Lacombe, der Marthe liebte, bisweilen, vom Tisch aufzustehen und das Zimmer zu verlassen. Dann wechselten Mutter und Tochter vielsagende Blicke. Der von Frau Lacombe besagte: »Da hast du es, meine Liebe, wie diese Art Frauen sich darauf versteht, unsere Männer zu umgarnen.« Und der von Fräulein Lacombe: »Natürlich, weil ich keine Marthe bin, finde ich niemand, der mich heiratet.« Die Unglückliche lebte in dem Wahn, daß die Ehen nicht mehr nach der alten Mode geschlossen würden, und da sie es unter dem Motto »Andere Zeiten, andere Sitten« meist bei einem allzu schwachen Widerstand bewenden ließ, jagte sie alle künftigen Ehemänner in die Flucht. Ihre Heiratsaussichten währten regelmäßig eine Badesaison lang. Die jungen Leute versprachen, sobald sie wieder in Paris wäre, um Fräulein Lacombes Hand anzuhalten. Sie ließen nichts mehr von sich hören. Was Fräulein Lacombe, das sich den Fünfundzwanzig näherte, vielleicht am meisten wurmte, war, daß Marthe so mühelos einen Mann gefunden hatte. Sie tröstete sich mit dem Gedanken, nur ein Trottel wie ihr Bruder hätte sich von so einer einfangen lassen.

Doch was die Familien auch mutmaßen mochten, niemand kam auf den Verdacht, Marthes Kind könne jemand anders als Jacques zum Vater haben. Ich war höchst verdrießlich. Es gab Tage, an denen ich Marthe der Feigheit beschuldigte, daß sie noch nicht die Wahrheit gesagt habe. Stets geneigt, andern eine Schwachheit zuzuschreiben, die nur auf meiner Seite vorhanden war, dachte ich, Frau Grangier werde, da sie den Beginn des Dramas mit Stillschweigen übergangen hatte, bis zuletzt ein Auge zudrücken.

Das Unwetter zog sich über uns zusammen. Mein Vater drohte mir, Frau Grangier gewisse Briefe zu schicken. Ich wünschte, daß er seine Drohungen in die Tat umsetzte. Dann besann ich mich. Frau Grangier würde die Briefe vor ihrem Mann geheimhalten. Im übrigen war allen Beteiligten nur daran gelegen, daß das Unwetter sich nicht entlud. Ich aber erstickte. Ich rief dieses Unwetter herab. Mein Vater sollte diese Briefe gleich an Jacques selber schicken!

Als er mir eines Tages in einem Zornausbruch erklärte, daß dies nunmehr geschehen sei, wäre ich ihm am liebsten um den Hals gefallen. Endlich, endlich!

erwies er mir den Dienst, Jacques von dem zu unterrichten, was er schon längst hätte erfahren sollen. Ich bedauerte meinen Vater, daß er meine Liebe für so schwach hielt. Und diese Briefe würden obendrein der Rührseligkeit, mit der sich Jacques über unser Kind erging, ein Ende setzen. In meiner Erregung begriff ich nicht, wie verrückt, wie unmöglich eine solche Tat war. Und ich begann den wahren Sachverhalt erst zu ahnen, als mein Vater, dessen Zorn sich etwas gelegt hatte, mich anderntags durch das Geständnis seiner Lüge zu beruhigen glaubte. Eine solche Handlungsweise wäre ihm unmenschlich erschienen. Gewiß. Aber worin liegt das Menschliche und das Unmenschliche?

So mattete ich mich ab, bald feige, bald verwegen, ganz erschöpft von den tausend Widersprüchen meines Alters, dem das Abenteuer eines Mannes zugemutet wurde.

Die Liebe lähmte jedes Gefühl in mir, das nicht Marthe galt. Ich bedachte nicht, daß mein Vater leiden könnte. Ich beurteilte alles so falsch und kleinlich, daß ich mich schließlich im offenen Kriegszustand mit ihm zu befinden glaubte. So kam es, daß ich meine Sohnespflichten nicht nur aus Liebe zu Marthe mit Füßen trat, sondern bisweilen auch – soll ich es eingestehen? – um Gleiches mit Gleichem zu vergelten!
Ich kümmerte mich kaum noch um die Briefe, die mein Vater mir in Marthes Wohnung bringen ließ. Und nun war sie es, die mich öfters beschwor, heimzugehen, mich verständig zu betragen. Ich schrie sie an: »So weit ist es also, daß du jetzt auch noch Partei gegen mich ergreifst!« Ich biß die Zähne zusammen, stampfte mit den Füßen. Daß die Vorstellung, sie nur auf einige wenige Stunden zu verlassen, mich in einen solchen Zustand versetzte, erschien Marthe als ein Zeichen der Leidenschaft. Und die Überzeugung, daß sie geliebt wurde, verlieh ihr eine Entschiedenheit, wie ich sie noch nie an ihr gesehen hatte. In ihrer Gewißheit, daß ich an sie denken werde, bestand sie darauf, daß ich heimkehrte.
Ich brauchte nicht lange, um zu erkennen, woher ihre Entschlossenheit kam. Ich begann meine Taktik zu

ändern. Ich stellte mich, als ob ihre Gründe mich überzeugten. Da plötzlich verwandelten sich ihre Züge. Wie sie mich so artig (oder so leichtfertig) sah, beschlich sie die Furcht, meine Liebe könnte nachgelassen haben. Und nun beschwor sie mich ihrerseits, zu bleiben, so sehr verlangte sie, beschwichtigt zu werden.
Einmal jedoch verfing alles nichts. Seit drei Tagen schon hatte ich den Fuß nicht mehr in das elterliche Haus gesetzt, und ich beteuerte Marthe meine Absicht, noch eine weitere Nacht mit ihr zu verbringen. Sie ließ nichts unversucht, um mich von diesem Entschluß abzuwenden: Liebkosungen, Drohungen. Auch sie begann nun, ihre Zuflucht zur Verstellung zu nehmen. Es kam so weit, daß sie erklärte, wenn ich nicht zu meinen Eltern heimkehrte, werde sie bei den ihren übernachten.
Ich erwiderte, daß mein Vater ihr für diese noble Geste kaum Dank wissen werde. – Nun gut! sie würde nicht zu ihrer Mutter gehen. Sondern an das Ufer der Marne. Dort würde sie sich eine Lungenentzündung holen und daran sterben; dann hätte sie endlich Ruhe vor mir: »Hab doch wenigstens Erbarmen mit unserem Kind«, sagte Marthe. »Setze doch sein Leben nicht leichtfertig aufs Spiel.« Sie beschuldigte mich, mit ihrer Liebe zu scherzen, sie auf die Probe zu stellen, wie weit sie reichte. Angesichts einer solchen Hartnäckigkeit wiederholte ich die Verdächtigungen meines Vaters: Ich wisse ja längst, daß sie mich mit dem ersten besten betröge; mir könne sie nichts vormachen. »Es gibt nur einen Grund«, sagte ich zu ihr, »der dich hindern kann, mir nachzugeben. Du erwar-

test heute abend einen deiner Liebhaber.« Was sollte sie auf solche wahnsinnigen Ungerechtigkeiten erwidern? Sie wandte sich ab. Ich verdachte es ihr, daß diese Beleidigung sie nicht in helle Empörung versetzte. Kurz, ich bearbeitete sie derart, daß sie einwilligte, die Nacht mit mir zu verbringen. Unter der Bedingung, daß es nicht bei ihr wäre. Sie wollte um nichts in der Welt, ihre Hausleute könnten andern tags dem Boten meiner Eltern sagen, daß sie zu Hause sei.

Wo aber sollten wir übernachten?

Wir waren wie zwei Kinder, die auf dem Stuhl stehen und stolz sind, einen Kopf größer zu sein als die Erwachsenen. Die Umstände hoben uns über uns hinaus, aber wir waren ihnen nicht gewachsen. Und wenn uns, eben auf Grund unserer Unerfahrenheit, gewisse schwierige Dinge sehr einfach erschienen, so türmten manche sehr einfache Dinge sich unversehens als unüberwindliche Hindernisse vor uns auf. Wir hatten niemals gewagt, von Pauls Junggesellenwohnung Gebrauch zu machen. Ich dachte nicht, daß es möglich wäre, der Hausmeisterin, indem man ihr ein Geldstück zusteckte, begreiflich zu machen, daß wir manchmal dorthin kämen.
Wir mußten also im Hotel übernachten. Ich war noch nie in einem Hotel gewesen. Ich zitterte bei dem Gedanken, seine Schwelle zu überschreiten.
Die Kindheit sucht immer Ausflüchte. Immer gehalten, sich vor den Eltern zu rechtfertigen, muß sie notwendig zur Lüge greifen.

Sogar dem Kellner eines drittklassigen Hotels gegenüber glaubte ich mich rechtfertigen zu müssen. Unter dem Vorwand, daß wir etwas Wäsche und einige Toilettegegenstände brauchten, zwang ich Marthe, einen Koffer zu packen. Wir würden zwei Zimmer bestellen. Man würde uns für Geschwister halten. Niemals würde ich es wagen, ein Doppelzimmer für uns zu verlangen, da mein Alter – das Alter, in dem man aus den Kasinos an die Luft gesetzt wird – mich den ärgsten Kränkungen auslieferte.

Die Fahrt um elf Uhr abends war endlos. In unserem Abteil saßen noch zwei Personen: Eine Frau brachte ihren Mann, einen Hauptmann, an den Ostbahnhof zurück. Das Abteil war weder geheizt noch beleuchtet. Marthe stützte ihren Kopf gegen die feuchte Fensterscheibe. Sie ergab sich der Launenhaftigkeit eines grausamen Burschen. Ich schämte mich und litt bei dem Gedanken, wie Jacques, der sie immer so zärtlich behandelte, ihre Liebe so sehr viel mehr verdiente als ich.

Ich konnte es nicht unterlassen, mich mit leiser Stimme zu rechtfertigen. Sie schüttelte den Kopf. »Ich möchte lieber«, murmelte sie, »mit dir unglücklich als mit ihm glücklich sein.« Die Liebe hat Worte, die so sinnlos sind, daß man sich schämt, sie zu berichten, und die einen doch berauschen, wenn der geliebte Mund sie ausspricht. Ich glaubte Marthes Ausspruch sogar zu verstehen. Aber was bedeutete er denn eigentlich? Kann man mit jemand glücklich sein, den man nicht liebt?

Und ich fragte mich, ich frage mich heute noch, ob die

Liebe uns berechtigt, eine Frau ihrem vielleicht durchschnittlichen, aber geruhsamen Schicksal zu entreißen? »Ich möchte lieber mit dir unglücklich sein ...«, lag in diesen Worten nicht ein unbewußter Vorwurf? Gewiß, Marthe erlebte, weil sie mich liebte, solche Stunden mit mir, wie sie ihr mit Jacques zusammen nicht im Traume eingefallen wären. Gaben aber diese glücklichen Augenblicke mir ein Recht, sie so grausam zu behandeln?

An der Bastille stiegen wir aus. Die Kälte, die ich gerne ertrage, weil sie mir das sauberste von der Welt scheint, war in dieser Bahnhofshalle schmutziger als die Hitze in einem Seehafen und ohne die Heiterkeit, die einen dort entschädigt. Marthe klagte über Krämpfe. Sie klammerte sich an meinen Arm. Wir waren ein erbärmliches Paar, das seine Schönheit, seine Jugend vergaß und sich seiner selbst schämte wie ein Bettlerpaar!

Ich glaubte, Marthes Schwangerschaft wirke lächerlich und ging mit gesenkten Blicken neben ihr her. Ich war weit entfernt von jedem väterlichen Stolz.

Wir irrten unter dem eisigen Regen von der Bastille zu der Gare de Lyon. Bei jedem Hotel erfand ich, um nur ja nicht hineingehen zu müssen, eine neue fadenscheinige Ausrede. Ich sagte Marthe, daß ich ein anständiges Hotel suchte, ein Hotel für Reisende, nur für Reisende.

Auf dem Platz vor der Gare de Lyon konnte ich mich nicht länger entziehen. Marthe verlangte, daß ich dieser Qual ein Ende mache.

Während sie draußen wartete, betrat ich die Hotelhalle in der Hoffnung auf ich weiß nicht was. Der Portier fragte mich, ob ich ein Zimmer wünsche. Es war ein Leichtes, dies zu bejahen. Es war zu leicht, und wie ein Hotelmarder, den man auf frischer Tat ertappt hat, eine Entschuldigung suchend, verlangte ich Frau Lacombe zu sprechen. Ich sagte dies mit hochrotem Kopf und mit der Befürchtung, er möchte mir entgegnen: »Sie wollen sich wohl über mich lustig machen, junger Mann? Sie steht ja draußen auf der Straße.« Er sah die Gästeliste durch. Ich müsse mich wohl in der Adresse geirrt haben. Ich ging wieder hinaus und erklärte Marthe, daß kein Zimmer frei sei, und wir in diesem Viertel auch keines finden würden. Ich atmete auf. Ich hastete weiter wie ein Dieb, der sich davonmacht.

Bis dahin hatte meine fixe Idee, diese Hotels zu fliehen, wohin ich Marthe mit Gewalt schleppte, mich verhindert, an sie zu denken. Nun betrachtete ich die Ärmste. Ich hielt die Tränen zurück, und als sie mich fragte, wo wir denn nun noch ein Bett suchen würden, bat ich sie inständig, einem Kranken nicht zu zürnen und ganz artig mit mir umzukehren, sie nach J . . . und ich zu meinen Eltern. Einem Kranken! ganz artig! bei diesen unangebrachten Worten verzerrten sich ihre Züge zu einem mechanischen Lächeln.

Ich schämte mich, und die Heimfahrt verlief entsprechend dramatisch. Als Marthe nach solchen Grausamkeiten unglücklicherweise zu mir sagte: »Diesmal hast du dich wirklich unmöglich benommen«, brauste ich auf und bezichtigte sie der mangelnden Großmut.

Wenn sie hingegen schwieg, alles zu vergessen schien, so ergriff mich die Angst, sie verhalte sich so, weil sie mich für einen Kranken, einen Geistesgestörten ansah. Dann ruhte ich nicht, bis ich sie so weit gebracht hatte, daß sie mir versicherte, sie werde nichts vergessen, und wenn sie mir vergebe, so bestünde durchaus kein Anlaß, ihre Milde zu mißbrauchen; eines Tages werde sie meine schlechte Behandlung so leid sein, daß der Überdruß stärker wäre als ihre Liebe, und dann würde sie mich verlassen. Wenn ich sie zwang, mit einer solchen Entschiedenheit zu mir zu sprechen, empfand ich, obwohl ich ihren Drohungen keinen Glauben schenkte, einen köstlichen Schmerz, der sich einzig mit der Beklemmung vergleichen läßt, wie sie mich, obwohl schwächer, auf der Achterbahn befällt. Dann stürzte ich mich auf Marthe, küßte sie leidenschaftlicher denn je.

»Sag noch einmal, daß du mich verlassen willst«, keuchte ich und preßte sie in meine Arme, als wollte ich sie zerbrechen. Mit einer Ergebenheit, deren eine Sklavin nicht fähig wäre, sondern einzig ein Medium, wiederholte sie mir zuliebe Sätze, von denen sie nichts begriff.

Diese Nacht der Hotelsuche brachte die Entscheidung, was mir nach so vielen anderen Extravaganzen nicht gleich aufging. Ich war immer noch der Meinung, man könne ein ganzes Leben so forthinken. Marthe aber, auf der Rückfahrt in die Ecke des Abteils gelehnt, erschöpft, zerschmettert, zähneklappernd, *begriff alles*. Ja, vielleicht erkannte sie bereits, daß es nach dieser wilden Fahrt durch ein Jahr hin, auf einem Wagen, den der Wahnsinn selber zu lenken schien, keinen anderen Ausweg gab als den Tod.

Anderntags fand ich Marthe wie gewöhnlich im Bett. Ich wollte mich zu ihr legen; doch sie schob mich zärtlich zurück: »Ich fühle mich nicht recht wohl heute«, sagte sie, »geh, bleibe nicht bei mir. Du würdest meinen Schnupfen fangen.« Sie hustete, sie hatte Fieber. Mit einem Lächeln, damit es nicht aussah, als wolle sie mir einen Vorwurf machen, sagte sie, daß sie sich gestern wohl eine Erkältung zugezogen haben müsse. Obwohl sie sich ängstigte, hinderte sie mich, den Arzt zu holen. »Das hat nichts zu bedeuten«, sagte sie. »Ich muß mich nur warm halten.« In Wirklichkeit wollte sie sich nur nicht, indem sie ausgerechnet mich zum Arzt schickte, in den Augen dieses alten Freundes ihrer Familie bloßstellen. Ich verlangte so sehr, beruhigt zu werden, daß Marthes Weigerung meine Besorgnisse zerstreute. Sie stiegen jedoch wieder auf und verstärkten sich noch, als Marthe mich bei meinem Aufbruch, um zum Abendessen nach Hause zurückzukehren, fragte, ob ich nicht einen Umweg machen und bei dem Arzt einen Brief abgeben könne.

Als ich anderntags bei Marthe ankam, begegnete er mir schon auf der Treppe. Ich wagte nicht, ihm eine Frage zu stellen, und forschte ängstlich in seinen

Zügen. Seine gelassene Miene tat mir wohl: Er aber trug sie nur von Berufs wegen zur Schau.
Ich betrat Marthes Zimmer. Wo war sie? Das Zimmer war leer. Marthe weinte, den Kopf unter die Decken vergraben. Der Arzt hatte sie dazu verurteilt, bis zu ihrer Entbindung das Zimmer zu hüten. Und da sie in ihrem Zustand der Pflege bedürfe, müsse sie zu ihren Eltern ziehen. Man trennte uns.

Das Unglück will niemand gelten lassen. Nur auf das Glück glaubt jeder Anspruch zu haben. Daß ich diese Trennung widerspruchslos hinnahm, war keineswegs ein Zeichen von Gefaßtheit. Ich begriff einfach nicht, was geschah. Entgeistert vernahm ich die Anordnung des Arztes, wie ein Verurteilter den Todesspruch. »Welche Gefaßtheit!« heißt es, wenn er nicht erbleicht. Keineswegs: Es ist vielmehr ein Mangel an Einbildungskraft. Wenn man ihn zur Hinrichtung weckt, dann, dann mit einem Male *versteht* er das Urteil. Ebenso begriff ich erst, daß wir uns nicht mehr wiedersehen würden, als man Marthe die Ankunft des Wagens meldete, den der Doktor geschickt hatte. Er hatte versprochen, niemanden zu benachrichtigen, da Marthe unangekündigt bei ihrer Mutter eintreffen wollte.
In einiger Entfernung ihres elterlichen Hauses ließ ich anhalten. Als der Kutscher sich das drittemal umwandte, stiegen wir aus. Dieser Mann glaubte, uns bei unserem dritten Kuß zu überraschen, und es war noch immer derselbe. Ich verließ Marthe, ohne die geringsten Abmachungen wegen unseres Briefwechsels

zu treffen, fast ohne ihr »Auf Wiedersehen« zu sagen, wie jemand, mit dem man eine Stunde später wieder zusammenkommen wird. An den Fenstern tauchten bereits die neugierigen Gesichter der Nachbarinnen auf.

Meine Mutter bemerkte, daß ich verweinte Augen hatte. Meine Schwestern lachten, weil ich zweimal hintereinander den Suppenlöffel fallen ließ. Der Boden schien unter mir zu wanken. Ich besaß nicht den rechten Seemannsgang für das Leiden. Und wirklich finde ich keinen besseren Vergleich für diese Schwindelgefühle des Herzens und der Seele als die Seekrankheit. Das Leben ohne Marthe war eine lange Überfahrt. Würde ich ankommen? Wie es einem bei den ersten Symptomen der Seekrankheit völlig gleichgültig ist, ob man je den Bestimmungshafen erreicht oder nicht, und auf der Stelle zu sterben wünscht, so kümmerte mich die Zukunft nur wenig. Nach einigen Tagen ließ das Übel etwas nach, und ich fand Zeit, an das Festland zu denken.

Marthes Eltern brauchten nicht mehr sehr viel zu erraten. Sie begnügten sich nicht damit, meine Briefe abzufangen. Sie verbrannten sie vor ihren Augen im Kamin. Die ihren waren kaum leserlich mit dem Bleistift gekritzelt. Ihr Bruder brachte sie auf die Post.

Ich brauchte keine Familienszenen mehr über mich ergehen zu lassen. Abends saß ich wie einst mit meinem Vater vor dem Feuer, und wir plauderten zu-

sammen. Im Verlaufe eines Jahres war ich für meine Schwestern ein Fremder geworden. Sie wurden wieder zutraulicher, gewöhnten sich wieder an mich. Ich nahm die kleinste auf den Schoß, und das Halbdunkel ausnützend, preßte ich sie so fest an mich, daß sie halb lachend halb weinend in meinen Armen zappelte. Ich dachte an mein Kind, aber ich war traurig. Es schien mir unmöglich, daß ich es zärtlicher lieben könnte. War ich denn schon reif genug, daß ein Baby mir etwas anderes bedeutete als Bruder oder Schwester?
Mein Vater riet mir, mich zu zerstreuen. Solche Ratschläge kommen aus einem ruhigen Gemüt. Was hatte ich zu tun, außer dem, was ich nicht mehr tun würde? Wenn es läutete, wenn ein Wagen vorbeirollte, fuhr ich zusammen. Ich lauerte in meinem Kerker auf die geringsten Zeichen der Befreiung.
Und wie ich so auf alle Geräusche lauschte, die mir eine Meldung bringen konnten, vernahm ich eines Tages die Glocken. Sie läuteten den Waffenstillstand ein.

Für mich bedeutete der Waffenstillstand, daß Jacques nun heimkehren würde. Im Geiste sah ich ihn schon an Marthes Lager sitzen, ohne daß ich etwas unternehmen konnte. Ich war wie von Sinnen.
Mein Vater kam aus Paris zurück. Er wollte, daß ich ihn dorthin zurückbegleitete. »Ein solches Fest darf man nicht versäumen.« Ich wagte nicht, nein zu sagen. Ich fürchtete, ihm als ein Unmensch zu erscheinen. Und da ich mich so in mein Unglück verbissen hatte, war es mir fast eine Lust zu sehen, wie andere sich freuen.

Soll ich gestehen, daß ihre Fröhlichkeit mich ziemlich kalt ließ? Ich allein fühlte mich fähig, die Gefühle zu empfinden, die man der Menge zuschrieb. Vergeblich suchte ich den Patriotismus zu erkennen. Vielleicht war es ungerecht, doch ich sah nur die Ausgelassenheit eines unerwarteten Urlaubs: die Cafés hatten länger geöffnet, die Militärs durften die kleinen Mädchen auf der Straße umarmen und abküssen. Dieses Schauspiel, von dem ich geglaubt hatte, es werde mich betrüben, mich eifersüchtig machen oder mich durch die Ansteckung eines erhabenen Gefühls von meinem Kummer ablenken, langweilte mich wie ein Sankt-Kathrinen-Tag.

Seit einigen Tagen blieben Marthes Briefe völlig aus. An einem der seltenen Nachmittage, an denen Schnee fiel, überbrachten meine Brüder mir eine Botschaft des kleinen Grangier. Es war ein frostiger Brief von Frau Grangier. Sie bat mich, sie auf dem schnellsten Wege aufzusuchen. Was mochte sie nur von mir wollen? Die Aussicht auf eine Möglichkeit, und sei es auch nur mittelbar, mit Marthe in Berührung zu kommen, erstickte meine Befürchtungen. Im Geiste sah ich Frau Grangier, wie sie mir verbot, ihre Tochter wiederzusehen, ihr zu schreiben, und ich stand und vernahm ihre Worte, gesenkten Hauptes wie ein schlechter Schüler. Unfähig, aufzubrausen, in Zorn zu geraten, würde ich mit keiner Miene meinen Haß verraten. Mit einem höflichen Gruß würde ich mich verabschieden, und die Türe würde sich für immer hinter mir schließen. Dann, hernach, würden mir die Antworten einfallen, die böswilligen Argumente, die schneidenden Worte, die Frau Grangier von dem Liebhaber ihrer Tochter ein weniger klägliches Bild hinterlassen hätten als das eines ertappten Schulbuben. Ich sah diese Szene schon in allen Einzelheiten vor mir.

Als ich den kleinen Salon betrat, stieg mein erster Besuch wieder vor mir auf. Dieser Besuch bedeutete damals, daß ich Marthe vielleicht nicht wiedersehen sollte.
Frau Grangier trat ein. Sie tat mir leid, daß sie so klein geraten war, denn sie war bemüht, mich von oben herab zu behandeln. Sie bat um Vergebung, mich umsonst bemüht zu haben. Sie habe mich zu sich bestellt, um eine Auskunft von mir zu erfragen, die sich schriftlich nicht gut erbitten ließ; diese Auskunft habe sie jedoch inzwischen erhalten. Diese sinnlose Geheimtuerei quälte mich mehr als jede Katastrophe.
In der Nähe der Marne traf ich den kleinen Grangier. Er hatte einen Schneeball mitten ins Gesicht bekommen und lehnte heulend an einem Gartenzaun. Ich streichelte ihn und fragte ihn über Marthe aus. Seine Schwester verlange nach mir, sagte er. Ihre Mutter wolle nichts davon hören, aber ihr Vater habe gesagt: »Marthe ist in äußerster Lebensgefahr; ich verlange, daß man ihren Willen erfüllt.«
Im Nu begriff ich Frau Grangiers so bürgerliches und so seltsames Verhalten. Sie hatte mich rufen lassen, aus Achtung vor ihrem Gatten und dem Willen einer Sterbenden. Kaum aber war die Gefahr vorüber und Marthe ging es etwas besser, da galt wieder die alte Parole. Ich hätte mich freuen sollen. Statt dessen bedauerte ich, daß die Krise nicht so lange gewährt hatte, daß man mich die Kranke besuchen ließ.
Zwei Tage später kam ein Brief von Marthe. Sie erwähnte meinen Besuch mit keiner Silbe. Augenscheinlich hatte man ihn ihr verschwiegen. Marthe sprach

von unserer Zukunft, in einem ganz besonderen Ton, so heiter und abgeklärt, daß es mich fast bestürzte. Sollte es wahr sein, daß die Liebe die heftigste Form des Egoismus ist? Denn indem ich nach einer Erklärung für meine Bestürzung suchte, mußte ich mir eingestehen, daß ich auf unser Kind eifersüchtig war, von dem in Marthes Brief diesmal mehr die Rede war als von mir.

Es sollte im März eintreffen. Eines Freitags im Januar kamen meine Brüder ganz außer Atem nach Hause und verkündeten, der kleine Grangier habe einen Neffen bekommen. Ich begriff nicht, warum sie so triumphierende Gesichter machten, noch warum sie so gelaufen waren. Sie konnten ja nicht ahnen, was an dieser Neuigkeit für mich so außerordentlich war. Aber ein Onkel war für meine Brüder ein bejahrter Mann. Daß der kleine Grangier Onkel geworden war, grenzte also ans Wunderbare, und sie waren eiligst hergelaufen, um uns an ihrem Staunen teilnehmen zu lassen.
Eben der Gegenstand, den wir dauernd vor Augen haben, wird uns beinahe unkenntlich, wenn man ihn nur ein wenig von der Stelle rückt. In dem Neffen des kleinen Grangier erkannte ich nicht sogleich Marthes Kind – mein Kind.

Wie es an einem öffentlichen Orte zugeht, wenn bei Kurzschluß eine Panik ausbricht, so sah es in mir aus. Mit einem Schlag wurde es Nacht in mir. In dieser Finsternis stolperten meine Gefühle durcheinander;

ich suchte mich zurechtzufinden, tastete nach Daten, genauen Angaben. Ich zählte die Zeit an den Fingern nach, wie ich es Marthe bisweilen hatte tun sehen, ohne damals schon Verdacht zu schöpfen, daß sie mich hintergangen haben könnte. Diese Übung führte übrigens zu gar nichts. Ich konnte nicht mehr zählen. Was hatte es für eine Bewandtnis mit diesem Kind, das wir für den März erwarteten, und das im Januar eintraf? Alle Gründe, die mir diese Anormalität erklären sollten, wurden mir nur von meiner Eifersucht geliefert. Unverzüglich stand für mich fest: Dieses Kind war Jacques' Kind. War er nicht neun Monate vorher auf Urlaub gekommen? Seit dieser Zeit also belog mich Marthe. Hatte sie mich nicht über diesen Urlaub selber schon belogen? Hatte sie mir nicht zuerst geschworen, sich während dieser verwünschten vierzehn Tage ihrem Manne verweigert zu haben, um mir, sehr viel später, zu gestehen, daß er sie mehrmals besessen hatte?

Ich hatte niemals ernstlich geglaubt, dieses Kind könnte Jacques' Kind sein. Und wenn ich zu Beginn von Marthes Schwangerschaft feige genug gewesen war, zu wünschen, es möchte sich so verhalten, mußte ich mir heute freilich gestehen, daß ich mich damals dem Unabänderlichen gegenüber glaubte, daß ich monatelang von der Gewißheit meiner Vaterschaft überzeugt, dieses Kind liebte, dieses Kind, das nicht das meine war. Warum mußte ich die Gefühle eines Vaterherzens erst in dem Augenblick empfinden, da ich erfuhr, daß ich nicht Vater war!
Ich befand mich, wie man sieht, in einer grenzenlosen

Verwirrung: als hätte man mich im Finstern ins Wasser geworfen, ohne daß ich schwimmen konnte. Ich begriff nichts mehr. Eines vor allem blieb mir unbegreiflich: wie Marthe es hatte wagen können, diesem legitimen Sohn meinen Namen zu geben. In manchen Augenblicken sah ich darin eine Herausforderung des Schicksals, das nicht gewollt hatte, daß dieses Kind meines wäre, dann wieder wollte ich nur einen jener Verstöße gegen den guten Geschmack darin sehen, die mich bei Marthe schon mehrfach verletzt hatten, und die doch nur dem Übermaß ihrer Liebe entsprangen.

Ich hatte mich hingesetzt, um ihr einen Schmähbrief zu schreiben. Den glaubte ich ihr schuldig zu sein, aus Würde! Aber die Worte blieben aus, denn mein Geist weilte anderswo, in höheren Bereichen.

Ich zerriß den Brief. Ich schrieb einen anderen, darin ich mein Herz sprechen ließ. Ich bat Marthe um Vergebung. Um Vergebung wofür? Gewiß dafür, daß dieser Sohn Jacques' Kind war. Inständig bat ich sie, mich dennoch zu lieben.

Der junge Mensch ist ein Tier, das sich gegen den Schmerz wehrt. Schon machte ich mich daran, mein Schicksal anders auszulegen. Ich war fast bereit, mich damit abzufinden, daß dieses Kind nicht von mir war. Aber ehe ich meinen Brief noch zu Ende geschrieben hatte, erhielt ich einen überschwenglichen Jubelbrief von Marthe. – Dieser Sohn war unser Kind, das zwei Monate zu früh zur Welt gekommen war. Man mußte es in einen Brutapparat legen. »Es hätte mich beinahe das Leben gekostet«, fügte sie hinzu. Das klang wie ein Spaß, fand ich.

Denn ich hatte für nichts mehr Raum außer für die Freude. Ich hätte der ganzen Welt diese Geburt mitteilen und meinen Brüdern sagen wollen, daß auch sie jetzt Onkel waren. Ich verachtete mich von Herzen: wie hatte ich nur an Marthe zweifeln können? Diese Reue, die sich in mein Glück mischte, machte, daß ich sie stärker liebte denn je und meinen Sohn auch. Inkonsequent wie ich war, segnete ich meinen Irrtum. Alles in allem genommen, war ich doch froh, für einige Augenblicke mit dem Schmerz Bekanntschaft gemacht zu haben. Wenigstens schien mir das so. Doch nichts gleicht den Dingen selbst so wenig wie das, was ihnen am nächsten kommt. Ein Mensch, der mit knapper Not dem Tode entronnen ist, glaubt ihn zu kennen. An dem Tage jedoch, an dem dieser sich endlich bei ihm einstellt, erkennt er ihn nicht wieder: »Das ist er nicht«, sagt er sterbend.

In Marthes Brief stand noch: »Er gleicht dir.« Ich hatte schon mehrere Neugeborene gesehen, meine Brüder und Schwestern, und ich wußte wohl, daß nur die Liebe einer Frau imstande ist, die gewünschte Ähnlichkeit an ihnen zu entdecken. »Er hat meine Augen«, hatte sie hinzugefügt. Und nur ihr Verlangen, uns in einem einzigen Wesen vereinigt zu sehen, konnte sie bereits seine Augen erkennen lassen.
Bei den Grangiers war jeder Zweifel zerstoben. Sie fluchten Marthe und machten sich doch zu ihren Komplizen, damit der Skandal nicht auf die Familie »zurückfalle«. Der Arzt, ein anderer Komplize der Ordnung, würde geheimhalten, daß es sich um eine

Frühgeburt handelte, und es übernehmen, dem Ehemann einen plausiblen Grund beizubringen, warum ein Brutapparat nötig war.

Die folgenden Tage schien mir Marthes Schweigen ganz natürlich. Jacques mußte bei ihr sein. Kein Urlaub hatte mich noch so kalt gelassen wie dieser, der dem Unglücklichen wegen der Geburt *seines* Sohnes gewährt worden war. In einem letzten Anfall kindischen Mutwillens mußte ich sogar lächeln, wenn ich daran dachte, daß er diese Urlaubstage mir verdankte.

Unser Haus atmete Ruhe und Frieden.

Die wahren Vorgefühle entstehen in einer Tiefe, in die unser Geist nicht hinabreicht. Und so lassen sie uns manchmal Dinge tun, die wir völlig verkehrt auslegen.
Ich hielt mich für zärtlicher, weil ich glücklich war, und ich war froh, Marthe in einem Hause zu wissen, das meine glücklichen Erinnerungen in einen Fetisch verwandelten.
Ein unordentlicher Mensch, der dem Sterben nahe ist und nichts davon ahnt, fängt mit einem Male an, überall Ordnung zu schaffen. Er ändert seine Lebensweise, sichtet seine Papiere. Er steht früh auf, geht zeitig zu Bett. Er gewöhnt sich seine Laster ab. Seine Umgebung ist entzückt. Um so ungerechter erscheint dann sein plötzlicher Tod. *Endlich hätte ein glückliches Leben für ihn begonnen.*
Ebenso war die ungewohnte Ruhe meines Daseins nur die Stille vor dem Sturm. Ich kam mir als ein besserer Sohn vor, weil ich selber einen hatte. Und meine Zärtlichkeit brachte mich meinem Vater, meiner Mutter wieder näher, weil etwas in mir wußte, daß ich der ihren binnen kurzem bedürfen würde.

Eines Tages kamen meine Brüder aus der Schule und riefen, daß Marthe gestorben sei.

Der Blitzstrahl, der einen Menschen trifft, ist so jäh, daß der Getroffene nicht leidet. Doch für seinen Begleiter ist dies ein schrecklicher Anblick. Während ich nichts empfand, entstellten sich meines Vaters Züge. Er schob meine Brüder aus dem Zimmer. »Hinaus mit euch!« stammelte er. »Ihr seid nicht recht bei Trost.« Ich hatte ein Gefühl des Hartwerdens, des Erkaltens, des Versteinerns. Dann, wie vor den Augen eines Sterbenden in einer einzigen Sekunde alle Erinnerungen seines Lebens vorüberziehen, offenbarte die furchtbare Gewißheit mir meine Liebe mit allem, was sie Ungeheuerliches an sich hatte. Weil ich meinen Vater weinen sah, brach ich in Schluchzen aus. Dann nahm meine Mutter sich meiner an. Trockenen Auges pflegte sie mich so sachlich und sorglich, wie wenn ich an Scharlach erkrankt wäre.

In den ersten Tagen fanden meine Brüder die Stille des Hauses nach meinem Zusammenbruch erklärlich. Später begriffen sie nicht, warum sie immer noch gewahrt bleiben mußte. Ihre lärmenden Spiele waren ihnen noch nie untersagt worden. Sie verhielten sich leise. Wenn aber mittags ihre Schritte auf den Fliesen des Vorraumes erklangen, verlor ich wieder die Besinnung, als ob sie jedesmal kämen, um mir die Nachricht von Marthes Tod zu überbringen.

Marthe! Meine Eifersucht folgte ihr bis ins Grab, und

ich wünschte, mit dem Tode möchte alles aus sein. Ist uns doch auch die Vorstellung unerträglich, daß der Mensch, den wir lieben, sich in zahlreicher Gesellschaft auf einem Fest befindet, wo wir nicht sind. Mein Herz war in jenem Alter, in dem man noch nicht an die Zukunft denkt. Ja, ich begehrte für Marthe eher die völlige Vernichtung als eine neue Welt, wohin ich ihr eines Tages nachfolgen würde.

Einige Monate später sah ich Jacques, zum ersten und einzigen Male. Da er wußte, daß mein Vater einige von Marthes Aquarellen besaß, wollte er sie gerne kennenlernen. Wir sind immer begierig, dem nachzuspüren, was das geliebte Wesen betrifft. Ich wollte den Mann sehen, dem Marthe ihre Hand gewährt hatte.

Auf Zehenspitzen näherte ich mich mit angehaltenem Atem der Tür, die nur angelehnt war. Ich kam gerade recht, um zu hören:

»Meine Frau ist mit seinem Namen auf den Lippen gestorben. Der arme Kleine! Ist er nicht mein einziger Lebensinhalt?«

Als ich diesen würdigen Witwer sah, der seinen Schmerz zu beherrschen suchte, begriff ich, daß die Dinge auf die Dauer von selbst in Ordnung kommen. Hatte ich nicht soeben erfahren, daß Marthe mit meinem Namen auf den Lippen gestorben war und daß meinen Sohn ein vernünftiges Dasein erwartete?

Bibliothek Suhrkamp
Verzeichnis der letzten Nummern

1339 Jorge Semprun, Die Ohnmacht
1341 Hermann Hesse, Der Zauberer
1342 Hermann Broch, Hofmannsthal und seine Zeit
1343 Bertolt Brecht, Kalendergeschichten
1344 Odysseas Elytis, Oxópetra/ Westlich der Trauer
1345 Hermann Hesse, Peter Camenzind
1346 Franz Kafka, Strafen
1347 Amos Oz, Sumchi
1348 Stefan Zweig, Schachnovelle
1349 Ivo Andrić, Der verdammte Hof
1350 Rudolf Borchardts Leben von ihm selbst erzählt
1351 André Breton, Nadja
1352 Ted Hughes, Etwas muß bleiben
1353 Arno Schmidt, Das steinerne Herz
1354 José María Arguedas, Diamanten und Feuersteine
1355 Thomas Brasch, Vor den Vätern sterben die Söhne
1356 Federico García Lorca, Zigeunerromanzen
1357 Imre Kertész, Der Spurensucher
1358 István Örkény, Minutennovellen
1360 Giorgio Agamben, Idee der Prosa
1361 Alfredo Bryce Echenique, Ein Frosch in der Wüste
1363 Ted Hughes, Birthday Letters
1364 Ralf Rothmann, Stier
1365 Arno Schmidt, Seelandschaft mit Pocahontas
1366 Bertolt Brecht, Geschichten vom Herrn Keuner
1367 M. Blecher, Aus der unmittelbaren Unwirklichkeit
1368 Joseph Conrad, Ein Lächeln des Glücks
1369 Christoph Hein, Der Ort. Das Jahrhundert
1370 Gertrud Kolmar, Die jüdische Mutter
1371 Hermann Lenz, Vielleicht lebst du weiter im Stein
1372 Ludwig Wittgenstein, Philosophische Untersuchungen
1373 Thomas Brasch, Der schöne 27. September
1374 Péter Esterházy, Die Hilfsverben des Herzens
1375 Stanislaus Joyce, Meines Bruders Hüter
1376 Yasunari Kawabata, Schneeland
1377 Heiner Müller, Germania
1378 Du kamst, Vogel, Herz, im Flug; Spanische Lyrik
1379 Giorgio Agamben, Kindheit und Geschichte
1380 Louis Begley, Lügen in Zeiten des Krieges
1381 Alejo Carpentier, Das Reich von dieser Welt
1382 Nagib Machfus, Das Hausboot am Nil
1383 Guillermo Rosales, Boarding Home
1384 Siegfried Unseld, Briefe an die Autoren
1385 Theodor W. Adorno, Traumprotokolle
1386 Rudolf Borchardt, Jamben
1387 Günter Grass, »Wir leben im Ei«
1388 Palinurus, Das ruhelose Grab

1389 Hans-Ulrich Treichel, Der Felsen, an dem ich hänge
1390 Edward Upward, Reise an die Grenze
1391 Adonis und Dimitri T. Analis, Unter dem Licht der Zeit
1392 Samuel Beckett, Trötentöne/ Mirlitonnades
1393 Federico García Lorca, Dichter in New York
1394 Durs Grünbein, Der Misanthrop auf Capri
1395 Ko Un, Die Sterne über dem Land der Väter
1396 Wisława Szymborska, Der Augenblick/ Chwila
1397 Brigitte Kronauer, Frau Melanie, Frau Martha und Frau Gertrud
1398 Idea Vilariño, An Liebe
1399 M. Blecher, Vernarbte Herzen
1401 Gert Jonke, Schule der Geläufigkeit
1402 Heiner Müller/ Sophokles, Philoktet
1403 Giorgos Seferis, Ionische Reise
1404 Christa Wolf, Nachdenken über Christa T.
1405 Günther Anders, Tagesnotizen
1406 Roberto Arlt, Das böse Spielzeug
1407 Hermann Hesse/ Stefan Zweig, Briefwechsel
1408 Franz Kafka, Die Zürauer Aphorismen
1409 Saadat Hassan Manto, Schwarze Notizen
1410 Arno Schmidt, Die Gelehrtenrepublik
1411 Bruno Bayen, Die Verärgerten
1412 Marcel Beyer, Flughunde
1413 Thomas Brasch, Was ich mir wünsche
1414 Reto Hänny, Flug
1415 Zygmunt Haupt, Vorhut
1416 Gerhard Meier, Toteninsel
1417 Gerhard Meier, Borodino
1418 Gerhard Meier, Die Ballade vom Schneien
1419 Raymond Queneau, Stilübungen
1420 Jürgen Becker, Dorfrand mit Tankstelle
1421 Peter Handke, Noch einmal für Thukydides
1422 Georges Hyvernaud, Der Viehwaggon
1423 Dezső Kosztolányi, Lerche
1424 Josep Pla, Das graue Heft
1425 Ernst Wiechert, Der Totenwald
1427 Leonora Carrington, Das Haus der Angst
1428 Rainald Goetz, Irre
1429 A. F. Th. van der Heijden, Treibsand urbar machen
1430 Helmut Heißenbüttel, Über Benjamin
1431 Henri Thomas, Das Vorgebirge
1432 Arno Schmidt, Traumflausn
1433 Walter Benjamin, Träume
1434 M. Blecher, Beleuchtete Höhle
1435 Edmundo Desnoes, Erinnerungen an die Unterentwicklung
1436 Nazim Hikmet, Die Romantiker
1437 Pierre Michon, Rimbaud der Sohn
1438 Franz Tumler, Der Mantel
1439 Munyol Yi, Der Dichter
1440 Ralf Rothmann, Milch und Kohle
1441 Djuna Barnes, Nachtgewächs

1442 Isaiah Berlin, Der Igel und der Fuchs
1443 Frisch, Skizze eines Unglücks/ Johnson, Skizze eines Verunglückten
1444 Alfred Kubin, Die andere Seite
1445 Heiner Müller, Traumtexte
1446 Jannis Ritsos, Monovassiá
1447 Volker Braun, Der Stoff zum Leben 1–4
1448 Roland Barthes, Die helle Kammer
1449 Siegfried Kracauer, Straßen in Berlin und anderswo
1450 Hermann Lenz, Neue Zeit
1451 Siegfried Unseld, Reiseberichte
1452 Samuel Beckett, Disjecta
1453 Thomas Bernhard, An der Baumgrenze
1454 Hans Blumenberg, Löwen
1455 Gershom Scholem, Die Geheimnisse der Schöpfung
1456 Georges Hyvernaud, Haut und Knochen
1457 Gabriel Josipovici, Moo Pak
1458 Ernst Meister, Gedichte
1459 Meret Oppenheim, Träume Aufzeichnungen
1460 Alexander Kluge/Gerhard Richter, Dezember
1461 Paul Celan, Gedichte
1462 Felix Hartlaub, Kriegsaufzeichnungen aus Paris
1463 Pierre Michon, Die Grande Beune
1464 Marie NDiaye, Mein Herz in der Enge
1465 Nadeschda Mandelstam, Anna Achmatowa
1467 Robert Walser, Mikrogramme
1468 James Joyce, Geschichten von Shem und Shaun
1469 Hans Blumenberg, Quellen, Ströme, Eisberge
1470 Florjan Lipuš, Boštjans Flug
1471 Shahrnush Parsipur, Frauen ohne Männer
1472 John Cage, Empty Mind
1473 Felix Hartlaub, Italienische Reise
1474 Pierre Michon, Die Elf
1475 Pierre Michon, Leben der kleinen Toten
1476 Kito Lorenc, Gedichte
1477 Alexander Kluge/Gerhard Richter, Nachricht von ruhigen Momenten
1478 E. M. Cioran, Leidenschaftlicher Leitfaden II
1479 Christa Wolf, Kein Ort. Nirgends
1480 Renata Adler, Rennboot
1481 Julio Cortázar/Carol Dunlop, Die Autonauten auf der Kosmobahn
1482 Lidia Ginsburg, Aufzeichnungen eines Blockademenschen
1483 Ludwig Hohl, Die Notizen
1484 Ludwig Hohl, Bergfahrt
1485 Ludwig Hohl, Nuancen und Details
1486 Ludwig Hohl, Vom Erreichbaren und vom Unerreichbaren
1487 Ludwig Hohl, Nächtlicher Weg
1488 Fritz Sternberg, Der Dichter und die Ratio
1489 Felix Hartlaub, Aus Hitlers Berlin
1490 Renata Adler, Pechrabenschwarz
1491 Pierre Michon, Körper des Königs
1492 Joseph Beuys, Mysterien für alle
1493 T. S. Eliot, Vier Quartette/ Four Quartets

1494 Walker Percy, Der Kinogeher
1495 Raymond Queneau, Stilübungen
1496 Charlotte Beradt, Das Dritte Reich des Traums
1497 Nescio, Werke
1498 Andrej Bitow, Georgisches Album
1499 Gerald Murnane, Die Ebenen
1500 Thomas Kling, Sondagen
1501 Georg Baselitz/ Alexander Kluge, Weltverändernder Zorn
1502 Annie Ernaux, Die Jahre
1503 Roberto Calasso, Die Literatur und die Götter
1504 Friederike Mayröcker, Pathos und Schwalbe
1505 Cees Nooteboom, Mönchsauge
1507 Gerald Murnane, Grenzbezirke
1508 Miron Białoszewski, Erinnerungen aus dem Warschauer Aufstand
1509 Annie Ernaux, Der Platz
1510 Sophie Calle, Das Adressbuch
1511 Szilárd Borbély, Berlin-Hamlet, Gedichte
1512 Annie Ernaux, Eine Frau
1513 Fabjan Hafner, Erste und letzte Gedichte
1514 Gerald Murnane, Landschaft mit Landschaft
1515 Friederike Mayröcker, da ich morgens und moosgrün. Ans Fenster trete
1516 Marie-Claire Blais, Drei Nächte, drei Tage
1517 Annie Ernaux, Die Scham
1518 Rosmarie Waldrop, Pippins Tochters Taschentuch
1519 Sophie Calle, Wahre Geschichten
1520 Elke Erb, Das ist hier der Fall
1521 Carl Seelig, Wanderungen mit Robert Walser
1522 Cees Nooteboom, Abschied
1523 Wolf Biermann, Mensch Gott!
1524 Peter Handke, Mein Tag im anderen Land
1525 Annie Ernaux, Das Ereignis
1526 Andrej Bitow, Leben bei windigem Wetter
1527 Mary Ruefle, Mein Privatbesitz
1528 Nicolas Mahler; Arno Schmidt, Schwarze Spiegel
1529 Guido Morselli, Dissipatio humani generis
1530 Ludwig Wittgenstein, Betrachtungen zur Musik
1531 Rachel Cusk, Coventry
1532 Samuel Beckett, Proust
1534 Gerald Murnane, Inland
1535 Katja Petrowskaja, Das Foto schaute mich an
1536 Peter Handke, Zwiegespräch
1537 Marianne Fritz, Die Schwerkraft der Verhältnisse
1539 Annie Ernaux, Das andere Mädchen
1540 Felix Hartlaub, Aufzeichnungen aus dem Führerhauptquartier
1541 Sylvia Plath, Das Herz steht nicht still
1542 Dmitri Prigow, Katja chinesisch
1543 John Jeremiah Sullivan, Vollblutpferde
1544 Esther Kinsky, Weiter Sehen
1545 Ralf Rothmann, Theorie des Regens
1546 Tomaž Šalamun, Steine aus dem Himmel
1547 Maria Stepanova, Winterpoem 20/21